9 ROADS
TO GROWTH & SUCCESS

9 Roads to Growth & Success
(성장과 성공: 아홉 개의 여정)

초판 1쇄 발행 2024년 12월 31일

지은이_ Hanul Kim, Hyeonseop Lim, Hyewon Jeong, Hyeonju Hwang,
          Yubeen Kim, Yejin Kim, Soyeon Lim, Haejin Kang, Hana Kang
펴낸이_ 김동명
펴낸곳_ 도서출판 창조와 지식
엮은이_ Ludia Lee
인쇄처_ (주)북모아
출판등록번호_ 제2018-000027호
주소_ 서울특별시 강북구 덕릉로 144
전화_ 1644-1814
팩스_ 02-2275-8577

ISBN 979-11-6003-845-3
정 가 17,000원

지식의 가치를 창조하는 도서출판
www.mybookmake.com   창조와 지식
creatioun & knowledge

9 Roads to Growth & Success

Written by

Hanul Kim

Hyeonseop Lim

Hyewon Jeong

Hyeonju Hwang

Yubeen Kim

Yejin Kim

Soyeon Lim

Haejin Kang

Hana Kang

&

Edited by Ludia Lee

Editor's Note

What moments of growth and success have shaped your life so far? And what path are you pursuing as you move forward? Like the shifting seasons of life, the concepts of "growth" and "success" are ever-evolving. These two words became the guiding theme that inspired nine job seekers I encountered in my English classes to take their first steps as aspiring writers. Their reflections and journeys are captured in the book, "9 Roads to Growth and Success."

Each of the nine stories, born from personal experiences and deep introspection, sometimes mirrored my own past, evoking a profound sense of empathy. At other times, they introduced fresh perspectives that inspired me. Above all, the warmth I felt in supporting their journeys through challenges accompanied me while reading, and I hope the same warmth reaches you, dear readers.

The months spent weaving these nine unique stories into a bilingual collection was another step in my own growth. Now, as I share this book with the world, I find myself reflecting on how creating something meaningful for both oneself and others is, in its own way, a facet of success.

Just as growth rarely comes without growing pains, it takes courage to reflect on past mistakes and turn them into stepping stones for growth and success. Sharing such experiences with others is an even greater challenge. I offer my heartfelt gratitude to the nine writers who boldly embraced this challenge and embarked on their journey of growth through this publication. While their writing may not be perfectly polished, their sincerity shines brightly. I hope their stories resonate with you and bring a meaningful spark of positivity to your lives. Thank you.

December 2024
Ludia Lee

About the Editor

After graduating from Washington University in St. Louis, USA, Ludia Lee has dedicated her career to teaching English in Seoul. She is passionate about guiding students in creating their own English books, fostering a deeper engagment with language learning.

Publications: "Flora and the Rainbow Flower," "200 Useful English Phrasal Verbs for Upper Intermediate Students"
Edited Works: "Home of Blue," "9 Voices, 9 Values"

E-mail: ludiaeng@naver.com
Blog: blog.naver.com/ludiaeng

Contents

Little Hands

Hanul Kim

Hanul Kim

I would describe my life so far not as tumultuous but as colorful.
I'm the colorful Hanul Kim :)

LinkedIn: linkedin.com/in/rememberiamsky
Instagram @pingukirbysky

For a long time, I thought of myself as someone far from success. No, I always considered myself a failure, and even now, I don't think I am the kind of person who has achieved extraordinary success that others would envy. Just a few months ago, I only saw my flaws and failures, disregarding any of my strengths or accomplishments. I had entered a prestigious university, but after graduation, I faced the unexpected wall of COVID-19, and the doors to employment were closed. Despite my hard work, the despair I felt left me deeply lethargic. Although I had faced many failures before, this sense of despair was profoundly overwhelming. Until then, I had always believed that success and growth meant landing a good job, making a lot of money, and finding a great spouse. I couldn't shake the thought, "No matter how hard I try, will all that's left be failure?"

Just looking at the news, I saw that many people in their 20s and 30s were having similar experiences. They struggled, feeling crushed by harsh realities, faltering despite their best efforts, comparing themselves to those who lived successful, wealthy lives, and slowly sinking into self-doubt and despair. Back then, I felt trapped, as though my future was completely blocked.

It's a question everyone has probably asked themselves at some point: "Am I a successful person? Am I growing?" The words *growth* and *success* kept appearing in my life, seemingly impossible to avoid in a capitalist society that prioritizes competition and superiority. The more I tried to answer those questions, the further I felt from any real answers. I began to view myself as a failure and, ironically, avoided the very words *growth* and *success*. However, I'm slowly starting to understand what growth and success truly mean—just a little. It's through the warm connections I had with people who cared for me and the unexpected, pure love I received from them that I began to realize something new. Perhaps that is what growth is. I'd like to share my special love story from that time.

There is one unforgettable moment in my life. It was when I worked as a teacher at an academy. The love story I mentioned earlier is actually about the love I received from my students. It was the day before Teacher's Day when I received letters from the children, written with little hands pressed down with effort. The letters, scrawled in uneven handwriting, simply said, "I love you, teacher." The little hands, their faces flushed, shyly handed me the letters. They had drawn pictures with crayons and written, "Thank you, teacher. Please come visit us at home!" while urging me to read them quickly. The spelling was a mess, and the handwriting was barely readable, but I was moved that they had written even four or five sentences. For these children, writing even that much must have taken them 20 or 30 minutes. Each time I read a line, a lump rose in my throat, and tears welled up. At that time, I didn't realize that receiving this kind of love wasn't something to take for granted. I didn't know that these small hands would remain etched in my memory.

Unfortunately, I couldn't enjoy this small happiness for long. I was unexpectedly fired due to a labor dispute at the academy where I worked. When I realized I was going to have to part with the children I loved so much, their love truly hit me. The end of my contract came sooner than expected. I didn't realize a month could pass so quickly. When I quietly began preparing to say goodbye, the academy suddenly notified me to stay home for a few days on paid leave. I hadn't even had the chance to say goodbye to the children, share the words I wanted to, or wish them well. I had never felt so much regret when leaving a part-time job before, but this time was different. The thought of never seeing the children again kept circling in my mind, and it felt like a heavy stone was sitting on my chest.

I asked the academy to allow me to come in on my last day of work, not only to gather my things but also to say a quick farewell to the children. Thankfully, they agreed. Honestly, all I had to pack were a pen and crayons, but I used it as an excuse to visit the academy. I picked out the clothes the children had said were pretty, ironed them, and spent an hour putting on the makeup they had complimented, abandoning the heavy makeup I usually wore. It took longer than usual because I kept tearing up, but I wanted to look my best for them on this final day. Then, just as the children had written in their letters, I poured my heart into writing nine letters of my own. I left a brief message for my colleagues saying I'd be stopping by and headed to the academy.

As I passed down the familiar hallway to the classroom, I found that the children weren't there. When I asked the staff, they told me they couldn't say where the children were. I was so flustered and confused. "What, I won't even be able to say goodbye? Didn't I tell them I wouldn't leave them without a reason?" I feared the children would be disappointed, thinking, "This teacher lied to us, too." My heart raced. I wanted to argue, but I explained calmly. I had already received permission to come in, and since it was officially my last day of work, I asked to be allowed to see the children. Eventually, I was able to meet the children, and I learned that they had hidden the children in a different classroom to prevent them from getting upset. I was angry, but I didn't have the luxury of wasting time arguing. I didn't want to delay meeting them any further.

When I entered the classroom where the children were, they all smiled brightly at me. The older kids tried to hide their fear behind their smiles. I squatted down and silently handed out the letters, sitting among the children who were gathered around. It felt strangely quiet, even solemn, unlike the usual noisy atmosphere with my students. I wanted to call each of their names as I handed the letters, but I couldn't because tears kept falling. I selfishly wept because I was afraid this love would soon disappear. I had always received this pure and large love as if it were a given, and now the thought of not receiving it felt terrifying. As I tried to smile and hand out the letters, one child asked me why I was crying. When they read the letters, their reactions were different. The younger children didn't quite understand, and the older children seemed shocked. When the staff saw their reactions, they hurriedly came to us and lied to the children, saying I was leaving to go far away. I was furious. As an educator, I had always told my students not to lie, and now they were doing exactly that, pretending the reason for the separation was something it was not. I said, "At least as an educator, you should never lie to children. I'm not going anywhere."

The staff member kept making excuses and tried to hurry the children away. The younger children said, "See you tomorrow!" as they left, while the older ones seemed to want to say something, but hesitated and eventually didn't. As I watched them glance back at me, I realized the children had already left. I sat alone in the empty classroom for a while before quickly leaving. It wasn't because I was embarrassed. It was because the thought of the children looking so worried, not knowing if they would ever see me again, overwhelmed me. I couldn't stop crying from the mix of feelings—regret, gratitude, and fear. I didn't know why I was crying, but the moment was unbearably difficult. I thought I had come to that place just to earn money, but it turned out that wasn't the case. Why did I have to meet such precious children and face such a horrible farewell in this place?

That night, many of the students' mothers contacted me. The academy had prohibited direct communication between teachers and parents, so we didn't have each other's contact information. Nevertheless, many of the parents reached out via the academy's open chat profile. The messages varied, but most of them said that their children had cried a lot at home. The older children, who had held back their tears in front of me, couldn't stop crying once they were with their parents.

One parent wrote, "My child is really upset about not being able to see you again. They refused to show me the letter you gave them and keep reading it over and over. Would it be possible to get your contact information?" Another wrote, "Teacher, thank you so much for everything. You'll be a teacher the children will always remember. Thank you for playing with them and teaching them."

That's when I realized: Ah, this was real love. This isn't something I could have easily received. Why is it that we only realize the true value of something after it's gone? In that moment, I realized—I really am successful.

One of my students and I are still in touch to this day. When I visited that child's home, I saw the letter I had given them displayed on their bookshelf, carefully placed in a spot where it was most visible. Although it was a short time, those little hands helped me write a page of success I will never forget. In that moment, I felt sincerity and saw the children's light.

Looking back now, I see that at that time, I was only focused on getting a job. But I didn't give up on myself. There's a saying in Chinese: '不怕慢 , 只怕站' ('Don't fear going slowly, fear standing still'). Even after failing to get a job, I didn't stand still. Even in despair, I had an instinct to keep searching for myself. I worked steadily at part-time jobs to make ends meet and even started an accessory shop as a new challenge. In truth, the work I did at the academy wasn't as fruitful as I had hoped—it was just something I did to make quick money. It wasn't something I started out of passion; at the time, I didn't even like children. But through this experience, I found unexpected growth and success.

Some might think, "Wasn't it just luck that you met such great students? Not everyone gets that lucky." That's true. I may have been an unfortunate teacher at an academy that didn't offer much, but I was also incredibly lucky to meet such wonderful children. In a way, I even regretted thinking, "How could I meet such amazing kids in a place like this?"

Sadly, even in a capitalist society, luck requires effort. To win the lottery, for example, you need to make an effort—whether it's buying a ticket or downloading an app. Even luck requires effort.

At the time, I thought my entrepreneurial ventures, my time as a teacher, and working multiple part-time jobs were all insignificant. I believed I was living this way because of my own inadequacies. But in reality, I didn't give up on myself and kept moving forward. Accepting my failures was one step closer to success. Maybe that was the beginning of the small success and growth I needed. Through these challenges, I learned how to love myself, and I began to understand that believing in myself and maintaining my worth, no matter the situation, was a form of success.

In the end, I've come to realize that growth and success don't only come from achieving something grand. Do we have to achieve something that others envy to be considered successful and to have grown? From the pure love I received from my students and the steady, small efforts I made without giving up on myself, I found deep meaning. Now, I believe that rather than focusing solely on the end result, building true moments of sincerity is my first success and growth in life.

I hope that everyone takes the time to look back at their own journey and finds true growth and success within love and passion. Of course, acknowledging failure is important. But it saddens me that so many people, like I once did, only acknowledge their failures and never recognize that their small successes are actually the stages of growth that lead to even greater successes.

Since I was that person, I hope that those reading this will reflect on their failures, growth, and successes and take care of themselves, knowing that gentle encouragement is just as important as pushing oneself.

Success, in the end, is determined by how you perceive it. May we all create even greater changes.

The Weapon That Sustains Life: Mission

Hyeonseop Lim

Hyeonsoep Lim

One sacred life, one profound journey
—may future generations be granted prosperity.

E-mail: heansum1556@gmail.com

My life changed entirely after meeting one extraordinary senior. At 17, during a career class in high school, an alumnus returned to deliver a lecture, mirroring one he had given on the renowned program *15 Minutes to Change the World*. His story was nothing short of incredible—a boy who once lived in a shipping container on a hillside in a poor district of Busan had risen to become a leader of a government startup support organization. Alongside visionaries like the founders of Kakao and Baedal Minjok, and JYP, he was recognized by *Dong-A Ilbo* in 2014 as one of the "100 People Who Will Brighten Korea in 10 Years." His success felt like something out of a novel.

Yet, there was no hidden formula behind his achievements. He refused to follow society's prescribed path and instead carved out his own, no matter how grueling and uncertain it was. Walking this path demanded unshakable belief in himself, even when the world doubted him, ridiculed him, or dismissed him as reckless. Despite overwhelming adversity, he pressed forward with conviction, creating value in the world even when failure and risk seemed insurmountable. His lesson was clear: success holds no secrets. It is simply the product of enduring pain and persevering through every moment.

After meeting him, I began my own search for something that would make my heart race—a purpose that would become the foundation for a startup. But over time, I learned that while goals can be effective, pursuing them blindly can lead to losing sight of what truly matters. It's much like how Steve Jobs' famous quote, "Do what you love," is often misunderstood. What he really meant was, "Love what you do."

Initially, I was drawn to the idea of technology-based startups because they seemed "cool." However, I quickly discovered that entrepreneurship, startups, and business were far from glamorous. The allure was a mere illusion. Every step was a struggle, and it was only in fleeting moments of clarity and immersion in the challenges that I found true fulfillment. Those moments made me realize I had come to *love the work itself.*

My preparation for entrepreneurship spanned a decade. It has been 10 years since that pivotal encounter with the senior. During that time, I developed an unshakable life philosophy. Even as a high school senior, I was confident in my path. I thoroughly researched every possible career, every academic field, and every potential future. I sought insights from professionals far ahead in their journeys. Almost all of them were employed as wage workers. While there's nothing inherently wrong with this, it's simply the reality for many. Sometimes, receiving a steady paycheck offers a lower-risk option, but it doesn't always deliver the financial reward people expect.

When I told others, "I'm going to start a business," they scoffed, dismissed me, or labeled me a dreamer. Their reluctance to even consider such a path stemmed from fear. Most people want financial stability and rewards but are unwilling to take the necessary actions. That's why seeing someone actively pursue such a path creates a sense of discomfort—it highlights the gap between their desires and their reality.

University felt like an extension of high school—a monotonous cycle of professors, textbooks, and exams. I couldn't shake the thought: "Isn't this just a conveyor belt leading to a job and a paycheck?" That prospect terrified me. I wanted to live my own life. So, I took a leave of absence, completed my military service, and enrolled in a government-backed educational institution.

At 42Seoul, an Innovation Academy under the Ministry of Science and ICT, I thrived in a system with no textbooks, no professors, and no certifications. It was exhilarating. Surrounded by "nerds," engineers, and coders, I saw people who truly loved their work. Every moment was electrifying.

Yet, even among these brilliant engineers, many struggled to grasp the broader value of their work. They excelled at solving problems but often lacked clarity about the societal impact of their efforts. Most were simply preparing for employment. Only a small fraction pursued entrepreneurship, and I joined that group through the academy's startup boot camp.

There, I found my place among like-minded individuals driven by a shared passion for risk-taking and innovation. The program instilled in me an entrepreneurial mindset, teaching me how to approach problems strategically, formulate and test hypotheses, and execute relentlessly. It was the most advanced bootstrapped entrepreneurship education in Korea.

After completing the program, I connected with a young founder whose story amazed me. A few months into an internship, he had turned an $8 side hustle into a business generating monthly sales of $70,000, allowing him to leave his job. Today, his team of five to six employees generates annual revenue approaching $10 million.

Inspired, I launched my own online business. It was a trial by fire-fielding calls from marketing agencies, designing product pages, analyzing customer behavior, and strategizing to boost sales. Through this intense process, I realized I needed a guiding philosophy to stay grounded. Whether revenue rose or fell, the company's sustainability depended on its core mission and values.

This mission—this sense of purpose—is what drives us. Before I could define a company philosophy, I had to establish my life philosophy. That philosophy ultimately came from confronting the inevitability of death.

Death spares no one. What, then, remains after we're gone? According to my philosophy, three things endure:
First, My direct descendants.
Second, The rest of humanity.
Third, the value I create during my lifetime, which can continue to benefit others even after I'm gone.

These three elements interact with one another. The more value I create, the more secure my descendants will be, and the greater my contributions to humanity. That's why we must focus on creating value not just for ourselves but for the broader world. This is my life's mission. I am not afraid of death, I will not waver, and no matter what happens in life, I will never give up.

To me, building a company is akin to founding a sustainable nation. It's not just about generating profit; it's about creating a culture that serves colleagues, customers, and humanity. By breaking free from the limitations of the domestic market and expanding globally, we can connect people through our products and services, transforming them into symbols of culture.

Life is incredibly diverse, and everyone has the freedom to make their own choices. I believe each person must establish their own philosophy. Once you have a philosophy, you will remain steadfast. As I defined my mission, I naturally began to dream bigger.

Building a company is like creating a sustainable nation. That's why I believe we should not merely focus on making money but also on creating a culture for our colleagues, customers, and humanity. The value I create for people has no limits. This is what exporting is— connecting humanity as a whole.

The limitations of a domestic market are clear. South Korea's population is about 50 million, but if you divide it by age and gender, the market becomes even smaller. The utility of the value we can reach and deliver is confined within the boundaries of the domestic market. By expanding through exports to the global market of 8 billion people, however, the size of the market we can access grows exponentially—even with the same products and services. It truly means surpassing the "limits of the market." By overcoming market limitations through exports, our products and services become culture, connecting people across the world.

What is the value of a company? It lies in the happiness of its customers. But before we talk about customer happiness, we need to reflect on where happiness comes from.

Do you believe earning a lot of money will make you happy? I don't think so. For me, happiness is what I feel when I see the smiling face of a baby. No matter how old we get, there is an innocent, childlike soul within each of us. Work is what fills and nurtures that soul. To work means to bring happiness-to customers, to humanity, and to those who seek joy.

Exporting is a process of realizing that happiness for all of humanity. Through this, we bring wealth to our nation, happiness to humanity, and a future to both. One of the most remarkable aspects of exporting is that it transcends the boundaries of customers, nations, and races. It's almost like a miracle. To work in the field of international trade means to contribute to that miracle.

If you want to find meaning in your work, think about what your work truly represents. That's why I want to share my story with my colleagues. And I hope you, too, will achieve your goals. Enjoy the journey!

The Teachings of My Mentors

Hyewon Jeong

Hyewon Jeong

My life is like a drama.
I'm the main character, and I create the story.

Instagram @la_lalilac

My definition of success has evolved over time, shaped by the people I've met and the experiences I've gathered. When I was younger, success meant living the glamorous lives of the people I saw on television. As a student, I equated success with getting into a prestigious university and landing a job at a well-known company. However, in 2023, I began to redefine success on my own terms.

In the winter of 2022, I received an acceptance letter from a company in Seattle, USA, and spent a year living in the United States. Until then, I had spent my 25 years under the overprotective care of my parents and my six-year-older brother, never truly navigating life on my own. Moving to the U.S. alone required immense courage and a willingness to face the unknown. I worried about finding a place to live, buying a car, and, most of all, whether I could meet the expectations of my new job. Although doubts and anxiety loomed, I had a faint yet persistent belief that things would somehow work out. Fortunately, my journey began on a positive note.

I rented a room in a house, though it turned out to be a bit different from what I had imagined. The room was spacious, but the furniture was old, and the window faced the neighbor's house, so I had to keep the curtains closed most of the time. On cold nights, the wind would sneak through the window, chilling my nose as I lay in bed. Yet, I found solace in my humble space. Above all, I was thrilled to finally be in the United States—a place I had dreamed of since childhood. It felt as though I was inching closer to my own version of the "American Dream."

Even now, nearly two years later, I vividly remember my first day at work on January 23, 2023. Nervous about my poor driving skills (I later became so confident I joked about driving with my eyes closed), I was terrified of getting lost. When I arrived at the company building, I couldn't find the entrance and mistakenly parked in front of a different office. After asking a passerby for directions, I finally found my way. I greeted my colleagues awkwardly and settled at my desk, determined to do my best despite everything feeling unfamiliar.

I was fortunate to have an exceptional mentor, Mr. Kim, who led my team in the purchasing department of a food company. As an intern planning to return to Korea after a year, I didn't expect such thorough training. Yet, Mr. Kim took three days to walk me through everything, from the company's structure and management philosophy to the specifics of my role and the challenges I might encounter. He emphasized that even if I was only there for a year, understanding the company and my responsibilities was crucial. Looking back, I realize how busy Mr. Kim must have been, but he invested significant time and energy in guiding me. For that, I am deeply grateful.

Working closely with Mr. Kim, I sometimes wondered about his perspective on success. "Does he work so hard because he loves his job, or is it a relentless pursuit of success?" I never asked him directly, but I came to believe that he truly loved his work. His enthusiasm was infectious-his eyes would light up whenever he embarked on a new project, exuding genuine passion for what he did.

Mr. Kim once shared his story of coming to the U.S. with no connections and directly approaching a company for a job. His determination impressed the vice president, who gave him the opportunity. Through hard work and dedication, Mr. Kim climbed to his position today. His story inspired me to embrace challenges without hesitation and reminded me that fear of inadequacy should never hold me back.

Another individual who greatly influenced me was Mr. David, the logistics team leader, affectionately known as the "Warehouse Manager." He became a father figure to me during my time in the U.S., and our relationship began serendipitously. I had heard that golfing in the U.S. was much more affordable than in Korea, and I was eager to learn. One day, a colleague introduced me to Mr. David, who not only excelled at golf but also enjoyed teaching it. Through our shared passion, we forged a deep and valuable connection.

Mr. David's life story was as inspiring as it was humbling. In his 60s, with his gray hair and sharp sense of style, he exuded a vibrancy I hadn't encountered before. He told me how he had once amassed great wealth in Korea, only to lose it all in an instant. Starting over with almost nothing, he moved to the U.S., experiencing both success and failure before becoming a team leader. His philosophy was simple yet profound: life is unpredictable, and even after setbacks, if you give your best, opportunities will come again. Life, he said, is truly fascinating—it's full of successes and failures, but there's no need to despair or give up after a fall. There's always another chance to rise. He encouraged me to live every moment with passion and give my all in everything I do. With a smile, he often joked that life is too short not to live brilliantly and that I should come back to find him once I achieved my own success.

Hearing Mr. David's words gave me the courage to face what had once seemed like a daunting life, and I began to feel excited about the future. I thought to myself, "Isn't the person who truly succeeds the one who lives a fun and fulfilling life?" From that moment, I decided to live my life as though it were a drama—boldly trying new things, embracing both success and failure, and filling my story with a rich tapestry of experiences. I realized that I must not fear failure and that challenges should be pursued not merely to achieve success but to embrace the possibility of failure, as it plays a vital role in personal growth and ultimate success.

My time in the U.S. taught me that success is deeply personal and enriched by the people we meet along the way. The guidance and wisdom of Mr. Kim and Mr. David have been invaluable in shaping my outlook on life. Their influence has motivated me to set new goals and work tirelessly toward the life I envision. Today, I strive not only for personal success but also for a life full of stories and experiences worth cherishing.

To You Who Are and Will Shine
Like a Starlight

Hyeonju Hwang

Hyeonju Hwang

My name means "dragon ball," and I have a deep love for stories.
I'm glad to connect with you through this writing!
What milestones are shaping your journey in life?
Should our paths cross by chance,
I'd love to hear your story and share the next chapter of mine.

E-mail: hhj2398@gmail.com

To. Myself at 25 Years Old

This letter serves both as a source of comfort for myself and as a milestone marking the next decade of my life. The past year has been filled with immense challenges. The pain and hardships I've faced have often left me feeling lost and uncertain. Yet, despite it all, I write this letter as a commitment to growth, healing, and moving forward with purpose. To anyone reading this, I hope these words offer you even a small measure of comfort and encouragement.

The Story Successful Hyeonju Tells to All Growing Hyeonju:

Tonight, after putting the kids to bed, I found a quiet moment in the living room to open my laptop. There's a story I want to share with you, hoping it might make you feel a little less lost on this journey we call life. At 25, you've experienced a year unlike any other—one of immense challenges, deep pain, and profound growth. Right now, you might see it as a year of failure-a time when you gave up everything and gained nothing in return. But with time, you'll realize that couldn't be further from the truth.

You're likely feeling disheartened about giving up the civil service examination, something you poured your heart and soul into for three long years. But let me tell you this: it turned out to be your greatest asset and your wisest choice. Remember how Mom always said, "There's no such thing as a wrong choice in life. It's up to you to turn your choices into the right ones." That's exactly what you did. What felt like the most terrifying decision—quitting—became the foundation for your greatest achievements.

No cartoon or anime you've ever loved would suggest that *giving up* is the right thing to do. Even the thin children's storybooks my kids read teach the same lesson: *never give up.* In those stories, the awkward, weak protagonist works tirelessly. No matter how many people tell them, "It's impossible, just quit," they keep going. Eventually, they overcome every obstacle, defeat the villain, and earn admiration from everyone around them. But you know what? Those are just neatly packaged, idealized endings crafted for fiction.

By now, you've likely realized that life doesn't follow a scripted plan. This was the first time you faced something you desperately wanted—something that mattered more than anything else. Until now, everything seemed to flow naturally: becoming a student council officer, getting into college, navigating university life—it all went smoothly, just as you envisioned.

But now you must admit: I can't be the protagonist of the common success story I once imagined myself in. And yet, what about the story of a protagonist who discovers a hidden power, chooses a better path, and ultimately achieves something even greater than they imagined? You might think you've lost your dream. But you haven't. You've just found a different way to realize it. So stop wasting time worrying; instead, reflect on how you can rediscover your dream and shape it into something extraordinary.

Have you heard the saying, "A dreamer shines like starlight"? When I was 25, no other time in my life resonated more deeply with that sentiment. The exam takers who once seemed unremarkable now appear so radiant, driven by their passion and determination to chase their dreams. Compared to them, you might see yourself as dim and defeated.

But just because you've strayed from your dreams doesn't mean you don't shine. Even those who give up have their own brilliance. Do you know how coal works? Coal doesn't shine;

in fact, it's nothing more than a dull, black rock. But when heated, coal reveals its fiery heart and becomes a powerful force that drives engines and fuels progress. We are like coal. Coal requires intense heat—490°C—to ignite. During that process, it releases pollutants like carbon dioxide and sulfur dioxide. However, once this stage passes, it becomes a critical fuel that powers countless machines.

Life is much the same. Just as water doesn't boil until it reaches 100°C and coal isn't useful until it's heated to 490°C, the results of life's goals often remain unseen until they're fully achieved. Along the way, there will be countless challenges and side effects—failures, pain, self-doubt, and envy for others who seem ahead of you. These struggles will hurt, but I believe they're all necessary steps toward achieving your dreams and aspirations.

The economics you've studied so far has laid a foundation for understanding the language of finance and opened up new career path. Administrative law, a subject you thought was irrelevant to you, turned out to be incredibly useful, helping you make sense of legal terms and better understand news or trade-related policies.

And what about disappointment and failures? Your tough experiences as an exam taker were so challenging that they now serve as a benchmark for future hardships. Now, whenever you face difficulties, you'll think, "If I could survive those miserable exam days, I can handle anythings!" That over-whelming wave you endured has become a breakwater, making smaller waves seem far less intimidating. Even the negative emotions you've faced over the past three years haven't gone to waste. Every struggle and every lesson have value. As our parents always said, "Nothing you learn ever goes to waste."

Let's take a moment to focus on the present as you search for a new path. What comes to mind when you hear the word "possibility"? In many ways, possibility can be cruel. It plants seeds of hope, whispering that achieving your goals is within reach. But goals are strange things—both fleeting and steadfast. They seem to vanish, only to reappear before you, seized with the weight of unfinished dreams.

And yet, we hold on to the smallest glimmer of possibility, pushing ourselves forward again and again. Eventually, when we fall short, we're left with a bitter realization: "I've accomplished nothing." The despair that follows can feel overwhelming. But is it truly nothing? Was it just a painful mirage, a false hope in the guise of possibility?

I don't think so. I see possibility as something much greater —*opportunity*. To have possibility is to hold limitless potential for growth. Every effort you've made, every step you've taken toward your goal—even the moments of regret or failure that feel utterly pointless—becomes a part of your transformation.

These experiences shape you, broadening your perspective and preparing you for new goals and uncharted worlds. Possibility isn't just about hope; it's about the chance to evolve, to discover, and to create something even greater than you imagined.

As you leave behind the life of an exam taker and face the realization that you've achieved nothing, you find yourself standing at the edge of new possibilities—exchange student. For years, you dreamed of facing a bigger world, but now that you've stepped away from the exams and are preparing to enter society, doubt creeps in. Was your decision truly about pursuing something greater? Or was it just an alternation to how much you wanted to escape the grind of exam preparation? After all, you've always seen yourself as someone who seeks stability, someone who never seriously considered venturing beyond the familiar borders of Korea to explore something entirely new.

But here's the thing: life's turning points often start with the smallest decisions.

After quitting the exams, you made an impulsive choice to apply for an exchange program abroad, thinking, "If I don't do this now, I'll regret it later." It wasn't a decision fueled by a deep longing to study overseas, and now you might even be questioning yourself, wondering if it was all just a reckless idea. You joke about it to others, calling it "escape studying abroad."

But that seemingly small choice is the key to unlocking an entirely new world of possibilities.

Now, just hearing the words "exchange student" fills me with excitement. Looking back, I'll never forget how, after that difficult 25th year, the time I spent in the Netherlands became one of the most memorable periods of my life. Even now, I can vividly recall the mix of fear and anticipation I felt, as if I can still breathe in the scent of that new beginning. Phrases like "broadening your horizons" or "developing new perspectives" may have felt like empty words to you now. But I know the truth—they hold real meaning. Experiencing a wider world, meeting people from all walks of life, and embracing the unfamiliar don't just change you. They become the driving force behind your growth, transforming how you see yourself and the world.

The lessons, memories, and experiences you gain as an exchange student will stay with you long after you return to Korea. They'll become one of the defining highlights of your twenties, a chapter you'll cherish forever. And more than that, they'll serve as a bridge to new opportunities, helping you explore paths you never thought of before in your career and in life.

By now, you might be wondering what I've been trying to say. Let me assure you—this isn't some hollow attempt at naive optimism. I don't claim to have life figured out, and I certainly can't predict what lies ahead. But as someone who's lived ten more years than you, there's one thing I know for sure: **believe in yourself.**

Yes, I know—it sounds cliché. You could find a thousand books repeating this advice at any major bookstore. But here's the thing about life: it often makes even the most obvious truths feel profound when you experience them for yourself. By now, you've probably realized that life rarely unfolds as planned. Instead, it twists and tumbles, pushing you in directions you never expected. So why not let this truth resonate now?

You already have everything you need to shine. And even if you feel like you're not enough, you are fully capable of growing, learning, and filling in the gaps. So don't let anxiety paralyze you. Worry, hesitate, stumble, fall and stand up if you must—but don't let fear keep you from moving forward. Believe in what you have and take action, even if it's a small step. Those steps will become the fuel for something much greater.

I think I've said everything I wanted to, so I'll leave it here. My child is waking up, calling for me—it seems parenting duties await! Oh, and one last thing: when you're my age, maybe the 45-year-old me will write you another letter. I hope we'll talk again then. Wishing you always be bright and healthy, with a heart full of warmth and light.

From. 35-year-old Hyeonju Hwang

To. 25-year-old Hyeonju and to everyone who continues to grow

This year has been chaotic and challenging. After years of preparing for the civil service exam, I finally decided to walk away, only to find myself wandering aimlessly, searching for a way to heal. Even now, I'm caught in a fog of uncertainty—doubting my future, questioning myself, and unsure of what my dreams even are.

Still, I've decided to write this letter. It's partly a wish, but mostly a guidepost—a North Star for the 25-year-old me who's struggling, the 26-year-old me who will continue to grow, and even the 35-year-old me, to ensure I won't lose sight of the path. This letter is my way of ensuring that, even if I stumble, I can always find my way back.

Have you ever heard of a *bucket list*? I'm sure many of you know this: a list of things you hope to accomplish before you die. Some lists are filled with grand ambitions, while others include small, personal goals. What's remarkable about bucket lists is how simply writing down your hopes—and truly believing in them—can make them more likely to come true.

When I was 15, I made a bucket list and a five-year plan. Two goals stand out when I look back: 1) "In five years, I'll have an S-line figure." 2) "I'll get into a university that starts with the letter S."

Looking back now, it's funny how those goals came true in unexpected ways. I didn't become glamorous, but scoliosis gave me a slight S-shape after all. And while I didn't get into Seoul National University, I did make it into another desired university that starts with the letter "S". These experiences taught me the power of words and belief.

To everyone reading this who might feel as lost as I did, I want to say this: believe in yourself. It doesn't matter if you have a dream, lost a dream, or feel like you've never had one. What matters is trusting in the choices you've made and the plans you've created for yourself. If you hold that faith and take even the smallest steps forward, those choices will never be meaningless.

Follow your guideposts, take it one step at a time, and one day you'll look back and realize how far you've grown. To everyone who's wandering, struggling, and growing, I hope your journey leads you to a brighter, more fulfilling future.

The Beatitudes, Matthew 5:3

Yubeen Kim

Yubeen Kim

Born in 1996, a truth seeker who is a bundle of
contradictions on his slow journey to happiness.

E-mail: happy960625@hanmail.net

An Icarus Complex

Looking back, I think I was more lost in my younger days. That doesn't mean I did anything bad or became a troublemaker. Sure, I swore sometimes, but I never stole a single piece of bread—well, maybe a loaf of bread, but not more than that. I did, however, once hate the image of Jesus Christ on the cross, always watching over me through neon signs. Perhaps it was because I was a crazy child filled with cravings and thirsts. Blessed are those who mourn.

Others called me a bright child, one with stars in my eyes. I suppose I was, even when beaten down by bullies—clearly, I still was. What hurt me more, though, were the trivial conversations. When we all watched the sunken ship on TV at school, we only talked about something called 'the SKY.' Naively, I thought I could turn things around and fix them by working hard to become a judge—someone in authority, maybe even someone with ultimate authority. But the irony was that to achieve this goal, I too had to reach the SKY. It became a kind of commandment, shimmering with the dangerous glimmer of ambition.

By the time I fell from the SKY, my family business had fallen apart as well. I never thought this would happen to me, coming from a family neither rich nor poor. Of course, I had to make compromises and couldn't even think about challenging myself again. Instead, I needed to earn money through scholarships or through part-time jobs. The 'SKY-fall' didn't matter anymore for survival, just as the *007 Skyfall* held no real significance in my life. My twenties became as difficult as they are for most young people around the world, yet they were also strangely ambiguous from other perspectives because they were so bizarrely contradictory.

In my campus life, I remember humming hopeful songs like *Somewhere Over the Rainbow* or *Tomorrow* during my commutes. But on campus, my mind was cutthroat, driven to surpass others, repeating h-i-g-h n-i-b-s, K-a-n-t's complete proposition: "Only those who control internal nature can control external nature." So I made up mind to be smart, becoming like 'a potted plant.' Though I had somewhat romantic and melodious branches, they had to be pruned for the sake of survival; I inevitably lost parts of myself in the process. To avoid the bandit called poverty, I never slept enough. In the long run, I also intended to enter law school. I didn't want to give in to my circumstances or lose my grip on my old dream.

I went to church every week with my parents. The pastor always preached that we should help others. And every time, I found myself daydreaming. 'Lo and behold! What's he wearing? A suit and tie? They look good enough. Maybe cashmere from South Asia. Was it fairly traded? What about environmental destruction? I heard goats eat all the plants around them, and yet we're supposed to help others...?' When I voiced these thoughts to my parents one day, they called it blasphemy. They told me that if I was willing to say such things, I might as well stop studying right away. Blessed are those who mourn.

I had a very hard time studying history in this contradiction. Even though I received a four-year scholarship, studying wasn't a spiritual breakthrough to any dreams. Exploring historical facts felt like witnessing someone break their own bones. I said I wanted to understand the world, but I hadn't realize how terrible our ancestors could be. History was all about killing, attacking, and plundering. The tyranny of the strong over the weak. The tyranny of the haves over the have-nots. The tyranny of the mean over the innocent. When I reflected on this, I found it unbearable that we were no different.

Even though I joined the ferry memorial protest and the so-called unrighteous government was impeached, the pain did not go away. Amidst the torrent of tasks, there was no shortage of devastating news around the world, even after the major incident I witnessed on TV. In my relatively short life, events seemed to unfold sporadically. What on earth can I do when I am this small? Does my piety really guarantee the rest of me? Like the apostle Thomas, all I can do is stab Jesus in the side and have doubts.

Still, the reliable fact is that since I have never had it, I cannot truly know whether having it would lead to decay. Yet, from experience, it is clear that not having it is undeniably challenging. Even when I reflect on my own unworthy jealousy, it feels strange—much like the prophecies of religious figures or the theses of philosophers—that history hasn't ended. I don't want to harm the person next to me, but it feels like I have no choice. Aren't we already aware of this through the small experiment called the entrance exam? Maybe pop singer Sinatra is a better predictor than them, 'cause this fine old world just keeps spinning around!'

To summarize, it would be accurate to say that I was flying between the paradox of reason and emotion, much like Icarus. Whenever I attempted to soar toward the noble sky by seizing a melodious voice, the wax on my wings melted under the heat of emotion, causing me to plunge into the waters of reason. Throughout my twenties, I couldn't tell if it was because I lacked money and ability, or because of nobility. Perhaps it is due to hubris, akin to the tales found in mythology, where one can be foolhardy without understanding their place, ultimately facing divine retribution. And I discovered there is no 'somewhere over the rainbow' if I am still alive—only 'a tomorrow' to face. Life was nothing grand but something trivial or empty. Regardless of the grand books and lectures I encountered, history was not cause and effect but merely unconsciousness to me.

Theory and Practice

The time had come for me to join the military. It was the coldest January in over 100 years in Korea. Whether it was fear or the cold, I shivered deeply to my bones. Yet, I yearned to rise above my depression and lethargy to become a good soldier. I thought this mindset would be enough to cope with the unknown situations. However, my strong will could not guarantee the rest of my military service. The impression left by the basic military training center in Jinju was nothing but a gathering place for patients suffering from lung disease. I felt as if I had been dragged into the military for the sole purpose of catching such illnesses. Naive friends like me didn't know what to do. We were nothing more than a bunch of fools, aligning ourselves in ranks and files, stifling our coughs as played at being soldiers.

I remember my parents visiting me while I was at the training center. My mother said, "Yubeen, I was worried because I thought you would get yourself into big trouble. Your father's job got now stable, so don't worry and focus on completing your military service." Hearing those words at McDonald's, I decided to take them to heart, as naturally as shoving a hamburger into my mouth—even if it was only for my parents' sake. Until then, I hadn't realize that I lived in a world where, if I showed kindness, others—including my parents—could respond with kindness as well. I had been so blind to this simple truth, so obsessed with an old dream, that I had forgotten the golden rule.

Even though there was only barbed wire around me, something felt different. The strange gap between the theoretical knowledge I had learned from books and the harsh reality was unfolding right before my eyes. As I had already mentioned, life seemed to be nothing more than a collection of trivial or empty moments. In theory, I had come to understand it as a continuous series of absurdities. Yet, in the military, I was forced to confront this reality head-on each time, like a baby crawling forward.

When I was assigned to the airbase in Wonju and tasked with the Vulcan Cannon, I met my direct predecessor for the first time. He was a private who had arrived barely five months before me, but I would have to endure that bastard for over a year in the military. From the moment we met, I could tell that he wanted to embody the image of a stern tribal chief, isolated from the civilized world—though not as good as Colonel Kurtz in *Apocalypse Now*.

As time passed, my initial impression of him only solidified. I was disgusted by everything he did in the small barrack on the hill, from morning to night. It was persistent and diligent barbarism. His behavior tested my fragile moral code. He didn't bother me directly, but if anyone seemed like an easy target, he would inevitably bully them. All I could do was buy some food from base exchange for the poor men he tormented. No matter how much I had studied to address irrationality in the outside world, none of it was any help here. Perhaps it was the same as when I prayed to God: 'God, look at the child's cries. Look at my helplessness. What are You doing?' To me, everything was simply the raw, primal power he longed to wield. *Blessed are those who mourn.*

I also remember one time during the field training when we were spending the night alone. He asked me how he could succeed in society after serving in the military. At first, I laughed to myself, assuming he thought that someone who had attended college in Seoul would know the answer. I stared blankly at the night sky, illuminated by the searchlights of the military police. 'How come? Do you want to wield that power again out there?' It was hard to give him a clear answer, like waiting for a plane when you don't even know if it will ever arrive. I had vaguely learned that some things are impossible no matter how hard you try. And even if I had known the secret to success, I realized I didn't want to share it with him.

After I stayed silent, he kept breathing out cold steam, look-
ing straight into my eyes. "Brother, I'm so anxious. I don't know
what to do for a living," he said. I couldn't help but gloat over
him again when he confessed, despite the desperation in his eyes.
But at the same time, I felt something strange—a recognition. I
saw a part of myself in the person I had hated so much in my
life. Yes, we were essentially vicious beasts, hungry for success. I
wanted to deny it, but the realization tore my soul apart. I was
nothing more than a screaming animal, armed with cruel hate,
whether in society or in the military. After he left, I tried to re-
main silent during the last months of my military life. But the
important thing was that no matter how much I understood one
element of the vast collection that is life, the rest continued on
without waiting for me. *Blessed are those who mourn.*

All or Nothing

The pandemic broke out the year I returned to college. The
good news was that my father's new job was at a gas company,
so even though the economy was tough, our family was not as
dire as before. But only then did I realize the bad news: I still
couldn't go to law school, even after our finances had improved.
I was literally "stuck in the middle,"—without support from my
parents and scholarships to help me through. 'Was I just a fool-
ish young man who had dreamed of something unattainable
from the very beginning?' Just like the scene I had seen in his-

tory books, when Alexander the Great aimed his spear at the re-treating Darius during the Battle of Issus, I found myself filled with rage and let out a cry. But the historical fact is that Alexander succeeded in catching Darius—while I ultimately failed. My four years of effort had gone to waste. My diploma, adorned with *Summa Cum Laude,* meant nothing. It was just a piece of paper. No, that wasn't entirely it. Perhaps it was because I was a coward, too afraid to take the leap—unlike Alexander, who risked everything to march all the way to India. How could I even dare to compare myself, an ordinary citizen, to a great king? Regardless of the circumstances, I resolved to stop whining like before: 'You are not a boy anymore. Do something.' *Blessed are those who mourn.*

There was an alternative. I had no choice but to take the exam for high-ranking officials. Didn't the Constitution state that public office was open to any citizen? Although I was still a hypocrite, I harbored a desire to do something for the public good. After all, even the ordinary citizen is still a citizen. To enroll in an academy to prepare for the exam, I persuaded my parents to cover the shortfall beyond the money I had saved. My dear parents couldn't understand my decision. They believed I should be able to find a job simply by graduating from a university in Seoul. Besides, I had kept hidden my *l-o-f-t-y* dream of *s-o-c-i-a-l j-u-s-t-i-c-e* hidden from them. But somehow, my persuasion worked. With all their goodness, they said, "This is the last time we'll support you, and we're doing it because we believe you will focus on nothing but your studies, just as you always have."

The landscape of the academic village amid the pandemic was desolate. Yet, even in these harsh times, there were many young people chasing their dreams. I studied 8 to 10 hours every day and pushed myself to do my best. When needed, I studied even longer than the average time. Unsurprisingly, almost everyone there did the same. It was a place defined by the survival of the fittest: those who held on until the end won everything. Excuses without results were meaningless, but the battle I was fighting was far from easy. The same frustrating phenomenon repeated itself—I would make progress, but then the supply lines would dry up. I always had to stop just as my skills for the exam were improving. As a memorable passage from a microeconomics textbook states, the person who was an economic entity struggling to move across the graph was simply me: *Borrowing constraints (liquidity constraints): In reality, a significant number of people have areas where they can save but cannot borrow. Because of this, there is no choice but to consume at the endowed points.* 'You are not the only one who suffers from this, Yubeen.' *Blessed are those who mourn.*

Also, I lost some people from the routines of my daily life, which felt as monotonous as life in a chicken coop—including my grandmother. She passed away peacefully at the age of 90, fortunately unaffected by the coronavirus. People said it was a "good death." However, an accident happened to someone else. It was all of a sudden. I found it difficult to grasp the meaning of death. 'What significance does my studying hold in the face of death?' It was a mixture of sadness over the loss and regret that I hadn't been able to show them I was doing well in life. Studying was hard, but what was even harder was the fact that I could no longer look into the eyes of the person I was speaking to—they were simply gone. This pain was entirely different from the physical suffering caused by the coronavirus. *Blessed are those who mourn.*

Speaking of exams, they ended up over like a lead balloon. I failed three times in a row. It felt like the board game, *Can't Stop*: if I couldn't conquer the summit in a single try, I had to start from scratch. It was as if I were playing a board game with my life. Maybe it's because board games, in some way, mirror life itself. In the final year of my three-year struggle—the year I'm writing this—I had a gut feeling: it was time to go out, to really jump into society. It was an all-or-nothing game, and I lost everything—except for my remaining youth.

Acknowledging and Moving Forward

...

The tower collapsed.
The tower of the red heart—

A marble tower carved with fingernails—...

...

The dream has been broken,
and the tower collapsed.

The dream has been broken — Yoon Dong-ju

Yes, the dream has been broken. I had "done my best," only to endure countless failures up to this point. Even though I painstakingly carved it with my own blood and sweat, bit by bit, with my fingernails... despite its noble, marble-like form. To put it in a conventional way, like the passages from the Bible I read daily: "My bones were in agony, my bed flooded with weeping, and my couch drenched with tears many years." Or, to put it in a more cliché way: I felt like a ghost in my own life.

But I realized I was just a whining boy behind the forest of studies. I came to see that I had been trying to navigate life armed with nothing but shallow skills. Ironically, as I studied history with so much resentment, I found myself drawing comparisons between my situation and that of historical figures. For instance, I wondered if I, like the poet Yoon Dong-ju, was destined for a tragic end in Fukuoka. But that wasn't the case. Or would I become someone blind, deaf, or even unable to speak? No, it truly wasn't like that, after all. Did I lose a limb? No. Had I already lived my life to the fullest, or was I now battling an incurable disease? For every question, the answer was simply

"No." I hope, if it's permitted, to die with gray hair, peacefully in my bed, without harm or suffering.

Strictkly speaking, I just haven't achieved what the world calls success, and I'm just a little uncomfortable because I don't have money. There's absolutely no reason to exaggerate—nothing truly bad has happened to me yet. I need to be mindful of this. It's as though everything has simply converged to zero, like in differential calculus. So now, free from lofty dreams, I feel I can focus on earning money with ease. Thinking that it was never meant to be mine in the first place helps me to accept it.

I am still seeking a job but haven't given up. This is because, after waiting in the rain, I managed to catch a silver lining. I've been able to learn things in my own way. Each time I faced failure, I heard comforting words from those around me: "It's a shame that someone like you, who puts in so much effort, hasn't succeeded." Time and chance happen to everyone, and no one knows when their moment will come. Things have often seemed like they were going to work out, yet they didn't. While hoping for a stroke of luck can be risky, I can't help but think that if the timing aligns, perhaps I could achieve more than mere survival.

In the end, I resolved to accept my limitations and embrace the simplicity of living in the moment. Of course, I still need to make an effort, as always. Looking back on the past or observing those around me today, it seems everyone strives to live life to the fullest from the moment they were born. Yet, I am glad that amidst my ongoing efforts, I can now see myself more objectively than before. The fact that joy is a subjective emotion only adds to my happiness.

In the past, I was a scared and scary child, rushing blindly into or out of a dead ends. But lately, I haven't been waking up screaming in the middle of the night. I feel as though I'm gradually letting go of my unidentifiable fear. I find myself becoming more accepting of who I am. Unlike in the past, the good thing about accepting my limitations is that, even though others still see me as an eccentric egotist, I can now enjoy a little more peace of mind. At least I think that acknowledging my own struggles has created space for me to recognize and acknowledge the struggles of others as well.

Even though I may still be a fool who can't even untie the thongs of sandals worn by the afflicted but happy man, I try to savor the everyday sunshine and conversations with others. I now believe that life is still full of trivial things, but focusing on those small things fills the emptiness in my life in a way it never did before. Even though the grand tower fell, my life remains. And that is, without a doubt, a historical truth at this moment as I write this essay. *Blessed are those who mourn.*

The Essence of Success
Found in Sesame Oil

Yejin Kim

Yejin Kim

I want to savor life deliciously.

Instagram @yes_genie

As a child, the warm, nutty aroma of sesame oil often filled our kitchen. The small brown bottle held more than just cooking oil—it carried pieces of our family's history and life. My grandmother would carefully control the heat as she roasted sesame seeds, her hands and heart devoted to the task. She remained calm and meticulous until the seeds turned a perfect golden brown. Then, she would slowly press the roasted seeds to extract the oil. When the unique, rich scent of freshly pressed sesame oil wafted through our home, it felt as though even our hearts grew warmer.

Sesame oil could never be rushed. From selecting the seeds to roasting and pressing them, every step required patience and care. Unlike store-bought oils, our family's sesame oil was the product of time and effort. My grandmother, with her gentle smile, once responded to my mother's teasing about buying oil from the supermarket by saying, "I enjoy this process." As a child, I found her words strange, but as I grew older, I began to understand their depth of meaning.

Watching the painstaking process of making sesame oil, I absorbed an unspoken lesson: true results come from dedication and patience. My grandmother would often remark, "It's hard work just to make oil, isn't it? Life will be no different." Her words, though simple, carried wisdom about perseverance and success.

For much of my school years, I thought of success as a single moment—passing an important exam or achieving a specific goal. But as I gained experiences in university, I realized that success wasn't a fleeting event. Like making sesame oil, it was a continuous process. This realization took root during my exchange program in Japan, a journey that challenged and reshaped my understanding of success.

Initially, I planned to study in the U.S. to gain exposure to global business through English. However, the COVID-19 pandemic repeatedly delayed my plans, leaving me feeling stuck as graduation loomed. Practicality took over, and I became another senior student looking for a job. But a lingering thought refused to fade: "What if I do everything I've truly wanted before graduating?" That's when I discovered a program to study Japanese through English in Japan.

Leaving for Japan with only basic knowledge of the language-felt like a daunting leap. On my first day, even buying an item at a convenience store was overwhelming. Paying utility bills in the dormitory was baffling, and every interaction with strangers felt like a test of courage. Each day brought its own challenge, and every night, I sighed deeply into the unfamiliar air of my dorm room.

Gradually, I set small goals and took one step at a time. I attended classes, tackled Japanese assignments, and persisted. Slowly, the language became less intimidating. By the end of six months, I could hold daily conversations with Japanese friends and participate in activities with confidence. This sense of progress and growth felt like success—a result of steady, consistent effort.

However, when I returned to Korea, life's demands quickly consumed my attention. My focus shifted to writing my thesis, preparing for certification exams, and completing coursework. My Japanese skills began to fade, reminding me of an essential truth: like sesame oil, language skills require consistent practice to maintain their flavor. Success, I realized, is not about a single milestone but about nurturing and sustaining what we've built.

This idea applies to many aspects of life. Passing the test was a moment of success, but maintaining that skill requires regular practice. Similarly, building physical fitness demands ongoing discipline. True success lies not in the initial accomplishment but in the continuous effort to sustain and improve.

Looking back, my time in Japan was a success in itself. Each small goal I achieved was a step toward growth. I faced failures and frustrations, yet I learned and emerged stronger.

My grandmother's sesame oil took time to create, just as my own journey toward success. Sesame oil is a metaphor for life—patient, deliberate steps culminating in something rich and meaningful. It teaches us that success isn't a single point but a line—or even a plane—woven from countless efforts and experiences. Life, like a carefully simmered broth, develops depth over time.

Today, I'm still "roasting sesame seeds." I'm part of the Trade Master Course at the Korea International Trade Association, working toward my dream of becoming a food export expert. Each day, I encounter new challenges, often grappling with unfamiliar concepts. In those moments, I think of my grandmother's patient hands and steady heart as she made sesame oil. Her example reminds me to stay dedicated and persistent.

The flashy cars and prestigious titles that many associate with success still feel distant. But I see my current journey as part of a longer line of success. Fast-made oil lacks depth, just as rushed success lacks substance. True success takes time. Though I haven't yet seen my "sesame oil" completed, I find meaning in the daily steps I take toward it. One day, when the oil I've made enhances a dish with its rich flavor, I'll know I've achieved the success I've dreamed of.

Fragments of Growth

Soyeon Lim

Soyeon Lim

I'm often told my eyes sparkle with curiosity.
No matter how tough things get, I choose to roll with it.
Above all, I believe in the power to uncover beauty,
even in the hardest moments.
Born in 2000.

E-mail: lsy883835@naver.com

Success and growth have never been defined soley by grand, dazzling moments. For me, growth transcends external achievements or the admiration of others; it resides in the quiet transformations that unfold within. I believe that it is not lofty goals or impressive milestones, but the precious moments embedded in everyday life that have shape who I am today.

For a long time, I wrestled with the question of where the true value of life lies. While pursuing ambitious goals is undeniably important, I have come to realize that the subtle emotions and the small, often overlooked experiences along the way are what truly enrich my life. Sometimes, it was the serene stillness of dawn that allowed me to confront my truest self. Other times, it was a warm word exchanged with someone close that sparked unexpected insight.

Growth feels like an endless journey. There were times when my progress seemed slower than others', and comparisons with those around me left my heart unsettled. Over time, however, I learned that the speed of growth is not what matters most. What truly matters is the perspective with which I view the world and how I hold fast to the values I cherish as I navigate my life.

Through these words, I hope to share the value of living a meaningful life—one that embraces humanity, fosters self-love, and nurtures an understanding of others. If someone reading this reflects on their own path of growth and rediscovers the significance of their emotions and experiences, I will consider my purpose fulfilled.

Youth is a time often marked by imperfections, yet I believe it is the lessons we learn from those flaws and challenges that ultimately guide us toward true success.

Episode 1: A Day That Felt Like a Gift

At 10 a.m., I found myself furtively pulling out my phone instead of paying attention in class. I was on a mission: securing Day Seats, discounted same-day tickets for a musical. Glancing nervously at Ms. Sasha, I moved my fingers frantically across the screen. At last, I managed to snag a ticket to *Frozen* for a mere

£29.5. For a cash-strapped student, it felt like a triumphant victory over London's average ticket price of £80. I was elated. Watching a musical alone in London—how romantic!

At the time, I lived in Brighton, just an hour's train ride from London. Trips to the city were always special occasions, but they had always been about sightseeing with friends. This ticket, however, was more than just an entry pass; it was an invitation to embark on my first solo adventure. The familiar thought—*'Being alone is boring and maybe even dangerous'*— momentarily faded, replaced by the quiet thrill of crafting my own extraordinary day.

That winter's unusually mild weather offered little resistance to my laziness. Instead of attending afternoon classes, I indulged in a moment of leisure at a local café. There, I found a few friends who were equally skilled at procrastination. Soon, my friend Naif from Saudi Arabia arrived, and together we approached the counter to order peppermint tea. Naif insisted on paying for mine. His small gesture of kindness stirred a thought in me: *'How can a day feel this perfect? It truly is a gift.'* Leaving the café behind, I promised Naif I would treat him to a drink in the future and set off alone for London.

The train, however, was delayed by an unexpected strike, and I arrived at the station an hour late. Desperate not to miss the show, I ran breathlessly toward the theater. The glittering lights of the theater district came into view, and even in my urgency, a sense of wonder filled me. The lights of London, radiant and timeless, made my heart swell with admiration. I arrived just ten minutes after the show had begun.

The performance far exceeded my expectations. Enraptured by the magic unfolding on stage, I barely noticed how quickly the first act came to an end. During intermission, I turned to apologize to the people seated next to me for arriving late, only to discover they were a family from Korea. Their daughter shared that she had once studied abroad in Germany. Ten years ago, the family had visited London to watch musicals together. Now, moved by those cherished memories, she had brought her parents back to relive the experience.

Hearing their story made me think of my own family—my mother, father, and sister. *'One day, I'll bring them here and share this happiness with them.'* I promised myself quietly. As though sensing my feelings, the family offered me warm words of encouragement. Later, they returned from the lobby with an ice cream for me. I couldn't stop thinking, *'How can a day be so perfect? Today truly feels like a gift.'*

Their small act of kindness deeply touched me. What lingered most was the daughter's smile—a smile so genuine and radiant that it seemed to embody pure goodness. In that moment, I realized that true beauty lies not in outward appearances but in the kindness cultivated within. Her smile inspired me to reflect on my own attitude toward life and aspire to become someone whose inner light shines just as brightly.

Everyone has their own definition of what makes a good person. That day, for me, it was the daughter's gentle, radiant smile. I vowed to never forget the beauty that kindness brings and to carry that light within myself. That small smile became a beacon, illuminating my path and etching itself deeply into my heart.

Episode 2: Look Up at the Sky

"Hey, [Friend's Name]. I'm on the bus right now. Studying at Coex didn't go as planned, so I'm escaping to Yeoju earlier than expected. Watching other people working hard motivated me for a while, but that determination has already crumbled into laziness—a familiar, foolish kind of day. It's been a while since I last saw your face. I heard you've been crying a lot lately, and I wanted to ask: Are you okay? Truly okay? I hope your heart hasn't been hurt too much.

You know, when I lived in England, I loved looking up at the night sky on my way home. The stars poured down on me, filling me with romance and a bittersweet sense of comfort. I'd gaze at them for what felt like hours, overwhelmed by their beauty. In those moments, I felt deeply grateful to simply be alive. Sometimes, the stars looked even more beautiful when blurred by my drunken eyes—hazy, yet comforting. No matter what, they were always there. So I hope you can imagine this moment and find even a little happiness. The night sky is for you. The kind words, the songs of comfort, and the warmth that comes from unseen places—they're all for you. You are not someone who deserves to shrink away or be hurt. Even when the world feels unfair, even when it weighs heavily on your heart, you must remain someone overflowing with happiness because that's who you are.

And remember, I'm here for you—whether you're happy, sad, or angry. When you feel like you can't open up, I'll wait. I'll always be here. Do you remember that night when we were twenty? Sitting in my apartment, eating kimchi pancakes, crying together? That night, I learned from you that sharing sorrow makes it lighter. Thank you for teaching me that.

You are my precious memory, my present, and my future. Let's take it slow and face each challenge one step at a time. Everything will be okay. Let's be happy, and let's live surrounded by overflowing love. Even if we stumble, even if we cry, let's always return to being happy people. I'm cheering you on with all my heart. Thank you for being born. Thank you for being my friend. Happy 25th birthday."

This was a small letter I wrote to a dear friend during a difficult time. Whenever I write letters to my friends, I often weave in memories of looking up at the night sky.

Life will always bring us hardships. We may grow numb to struggles, let go of things we once loved, or set aside the pure happiness we once cherished. But I believe that holding on to small joys is an act of courage. Just as I found solace in the stillness of dawn and the vastness of the night sky, it is often the simplest things that lift us up again. Success, perhaps, is not the achievement of grand ambitions but the accumulation of small, steady moments of happiness. These humble joys, stacked one by one, will ultimately lead us to a success that shines even brighter.

Let us remember that success does not exist solely in the grand and magnificent. Instead, may we fill our present moments with happiness and build lives we are proud of—one small joy at a time.

At the Edge of Fear

Haejin Kang

Haejin Kang

Born in 2000 in Seoul, I explore the meaning of growth through a
variety of experiences, expressing these reflections through writing.
Growth is not found in moments, but in the process.
May this story become a seed for growth in us all.

E-mail: janice001226@naver.com

The word "growth" often carries positive connotations, but hidden within that process lies the emotion of "fear." To me, growth is the act of confronting this fear and gradually freeing oneself from its grasp. Life is a journey of encountering fears, big and small, and the way we face them determines the pace and direction of our growth.

As a child, I feared "uncertainty" the most. I avoided the unfamiliar and always chose the safe, predictable path. Take school, for instance: every year, when assigned to a new class, I felt more fear at the prospect of adapting to a new environment than excitement about making new friends. The unfamiliar classrooms, teachers, and classmates filled me with anxiety.

Then, just before graduating elementary school, I faced an even greater challenge. Due to my father's job, our family had to move to China, where I would attend middle school. The thought of navigating a different language and culture overwhelmed me with worry. The looming uncertainty filled me with fear, and tears welled up as I thought about whether I could adapt.

Carrying my fear, I started my international school in China. Fortunately, the presence of many Korean students provided a sense of familiarity, softening the edges of this new environment. As two years passed and middle school graduation approached, I realized that I had not truly embraced the opportunities around me. I still hesitated before new challenges, clinging to what felt safe. Even in the diverse environment of the international school, I spent most of my time with other Korean friends, avoiding unfamiliar activities and letting opportunities slip away. Disappointed in myself, I resolved to make a meaningful change before returning to Korea.

One day, through a friend's suggestion, I came across a volunteer program aimed at helping orphans in China. What made it especially unique and meaningful was the requirement to personally raise the funds needed to participate. However, for someone like me, who saw new experiences as sources of fear rather than excitement, volunteering seemed far out of reach. "Helping strangers? That's just not for me," I told myself, convincing myself to avoid it. Volunteer work, I believed, required confidence in one's abilities, and I doubted whether I could truly be of help. Yet, with my friend's persistent encouragement, a small spark of curiosity—"What if I tried just once?"—pushed me to make a decision. For the first time, I decided to overcome my fear and participate in the program.

I began by promoting the program to teachers and raising donations through various activities, including volunteering as a day assistant for school staff. These efforts allowed me to gather enough funds to join the program. Meeting new people and engaging in activities together, I could feel myself beginning to change.

The volunteer work primarily involved building homes for orphans and spending time with the children, playing games and bonding with them. From sunrise to sunset, I carried bricks and helped construct walls. Seeing the house take shape and imagining the children's happiness gave me strength, even when I felt physically exhausted. Playing games with the children brought us closer, and their innocent laughter lifted my spirits. Through this experience, I came to a profound realization: even my small efforts could make a big difference to someone else. Watching the children's pure smiles and bright eyes, I felt as though I was the one being healed. The time spent with them helped me rediscover the innocence and courage I had lost.

One unforgettable moment was when a child handed me a

small letter, appreciating my visit and the time we spent together. That tiny, heartfelt gift touched me deeply. It made me realize, "I can bring even a small joy to others." Previously, I avoided uncertain situations, but this experience showed me that such moments could awaken a new strength within me.

Encouraged by this experience, I took on another challenge— teaching Korean to foreigners. Although the responsibility of teaching language on my own was daunting, I had learned that growth occurs when we confront our fears. With that in mind, I mustered the courage to begin. Starting with just three students, I faced numerous trial-and-error moments. The wide range of nationalities, age groups, and language levels made it difficult to structure my lessons. But as I conversed with the students and discovered their interests, I gradually tailored my teaching materials and methods to suit their needs. Since many of them enjoyed K-pop, I incorporated songs into my lessons, while also using games and role-playing to make the classes more engaging. This interaction not only brought life to my lessons but also helped me embrace diverse cultures and perspectives. Overcoming my fears revealed the satisfaction and fulfillment hidden behind them.

I now understand that fear is not an obstacle to growth but a stepping stone toward it. Life will always accompany fear. As a student preparing for employment, I face fears about when I will secure a job and uncertainties about stepping into society.

Yet, by confronting rather than avoiding these fears, I believe I can grow stronger. Growth, in the end, is about facing and overcoming fear. And with each step forward, the journey of life, with all its uncertainties, no longer feels so daunting.

No Sweat, No Sweet

Hana Kang

Hana Kang

A gym rat who is obsessed with desserts,
always carrying out the motto "No Sweat, No Sweet."
Born in 2000, Seoul.

E-mail: hanka726@naver.com
Instagram @ha_nakang

"No sweat, no sweet." This phrase best represents my life's values and philosophy: nothing can be gained without effort. I am neither a genius nor someone who excels or stands out in any particular way compared to others. I am, in every sense, a typical hard-working individual. I admire and sometimes even envy people with natural talent. Perhaps that's why I strongly believe that good things come to those who work hard, even in the face of challenges. However, there were moments when I felt discouraged, watching others achieve in a short time, and with better results, what had taken me long hours of preparation to accomplish. I especially envied those who excelled in areas where I struggled despite putting in significant time and effort. Over time, I've come to redefine success-not as the visible results themselves but as the effort and determination invested in the journey.

When I was little, my greatest challenge and least favorite subject was English. Despite attending various English academies since kindergarten, I was always placed in the lowest-level classes. English was always the biggest challenge for me. In an effort to spark my interest, my parents sent me on numerous trips abroad. These travels actually played a major role in changing my attitude toward English. In particular, after a backpacking trip to Europe during my first year of middle school, I realized the importance of English and developed a curiosity about the wider world and a desire for new opportunities. Around that time, I was fortunate to meet an exceptional English teacher. When I first joined his class, I could barely write four sentences in English for my diary. I struggled to express myself in both writing and speaking. However, as I continued studying with him, I eventually progressed to writing two pages in my diary and began to enjoy studying English. There were many days I studied in tears, but I am very proud of how much I have grown, and my values have become more solidified.

In the third grade of middle school, I became interested in astronomy after taking an earth science class. At first, I was drawn to it because it was fascinating and challenging—a subject that wasn't easy to grasp. I began poring over pictures of planets, constellations, and galaxies, eventually buying and reading magazines related to astronomy. However, when I researched astronomy as a college major, I realized that there are not many related programs in Korea, with high barriers to entry. This led me to think about studying and attending university in a broader world.

Although English was still a major hurdle for me, my passion for astronomy motivated me to consider studying in Canada, an English-speaking country, which is renowned for its advancements in astronomy. Luckily, I had the opportunity to homestay at a friend of my mother's, who lived in Canada. Three days after graduating middle school, I arrived in Maple Ridge, a small rural town in British Columbia surrounded by mountains and farmland. Looking back, living with strangers and studying abroad alone was far from easy. The loneliness of being in a foreign land, compounded by my struggle with English, was overwhelming. On my first day of school, I cried alone at home. It was simply too challenging to even attempt to understand the content delivered in English during class. English class, in particular, was the most difficult. The language itself was hard enough, and learning English through English made it even more challenging. To make matters worse, the English teacher had a clear bias, frequently criticizing and embarrassing foreign students by pointing out that they weren't good enough.

My high school life in Canada, where I didn't know anyone, was beyond lonely, bordering on solitude. The rare moments of relief came during lunchtime with my closest friend, Leni. Instead of eating packed lunches, we would often go to the Tim Hortons in front of the school for coffee and donuts. In those moments, the sweet donuts felt like a small but meaningful reward for the sweat I was pouring into my studies-a brief, comforting pause in an otherwise gray and lonely existence.

During winter vacation, I came back to Korea to handle visa and housing matters. However, due to unforeseen circumstances, I was unable to return to Canada. Having already withdrawn from my Korean high school to study abroad, the process of re-enrolling became complicated. Moreover, since the semester had already started in March, I faced a six-month gap before I could resume my studies, and the academic year I needed to enter became uncertain. After much consideration, I decided to complete high school by taking the GED. At just 18 years old, the abrupt collapse of my dream to study abroad, despite the effort and passion I had poured into it, felt devastating—shattered by circumstances beyond my control. I had always believed that if I worked hard and put in effort, I would succeed, but this experience taught me that reality doesn't always align with effort. Although it was difficult to accept at the time, looking back now, I see those moments were not in vain. The experiences and dedication I invested in chasing my dreams have become a strong foundation, helping me adapt and preserve when new goals arise.

Transitioning to preparing for the Korean college entrance exams brought its own set of challenges. In Korea, there was a societal prejudice against students preparing for the GED, and I faced significant stress because of these judgments. Even my academy teacher later admitted that when I first came to the academy and said I was preparing for the GED, he doubted my perseverance and assumed I wouldn't be able to adapt to school life. I couldn't go back to Canada, and despite being surrounded by my family and friends, the loneliness I felt was far greater than when I was alone in Canada. I lacked the sense of belonging that brings comfort, and the uncertainty about the future, along with the fear that I might fail again, weighed heavily on me and left me feeling depressed. If I stayed still, the unnecessary worries from my overthinking would drag me deeper into sadness, so I forced myself to stay as busy as possible. I threw myself into a strict routine-attending math and English classes during the day and studying at a college prep academy in the evening. Although I was tired physically, staying busy helped me avoid overthinking, but during the toughest moments, I often turned to my favorite Krispy Kreme donuts for comfort. Each bite reminded me of my mantra, "No sweat, no sweet," giving me the motivation to keep going, no matter how difficult the journey felt.

Fortunately, I passed the GED and entered university a year earlier than expected, at 19. "There always will be a trade-off." Just as I had engraved this idea in my mind, the prejudice from others that once caused me so much stress became a turning point that made me stronger. I also began to shift my perspective, asking myself not 'Why is this happening *to* me?' but rather, 'why is this happening *for* me?'

Up until now, I had hoped that time would solve my problems, and I tried to endure, thinking perseverance alone was enough. I thought I had grown by overcoming various challenges, but as I entered adulthood, I realized that some problems couldn't be solved just by enduring. The biggest of these was finding a job. My major, Environmental Engineering, turned out to be very different from what I had expected and didn't align with my interests. I wanted to take a break from school and explore other options, but the pandemic disrupted all my plans.

As I spent more time at home, my anxiety about the future grew, especially when I saw my younger sister find a job right after graduating from a vocational high school. At just 19, my sibling had a clear path, while at 22, I felt lost and uncertain. I knew I wasn't too old, but the comparison depended my feelings of inadequacy, pulling me back into depression.

This time, no matter how much I ate my favorite donuts or worked hard, just enduring didn't make the situation improve. I began to develop sleep disorders. At first, I thought it was just a matter of not being able to sleep or waking up during the night. But after a week of only sleeping one or two hours a night and never feeling fully rested, I was left physically and emotionally drained. In an effort to overcome it, I tried to live even more busily—filling my days with tasks from morning until bedtime, hoping exhaustion would bring sleep. Instead, it only made me more fatigued, and my depression didn't improve.

Eventually, I began seeing a psychiatrist. I learned that that my perfectionism and tendency to push myself too hard had been fueling my anxiety since childhood. The solution sounded simple: stop worrying unnecessarily and let go of the pressure I put on myself. Yet, as straightforward as it seemed, it remains one of the hardest things for me to do. I am still receiving treatment and working hard to ease the pressure I place on myself. To discover what I truly enjoy, I'm exploring different experiences and continuing to learn.

If every struggle I've face has contributed to my growth, then overcoming insomnia feels like my current success. For me, success isn't defined by wealth or fame but by the ability to conquer what feels most difficult. I know there will be more challenges ahead, but just as I've done before, I will face them, grow from them, and continue building the life I envision.

성장과 성공: 아홉 개의 여정

김하늘 임현섭 정혜원

황현주 김유빈 김예진

임소연 강혜진 강하나

엮은이의 말

독자 여러분은 그동안 어떤 성장과 성공의 순간을 경험하셨나요? 앞으로 추구하는 방향은 무엇인가요? 우리 삶의 계절만큼이나 유동적인 의미를 지닌 두 단어, '성장'과 '성공'은 영어 수업을 통해 만난 아홉 명의 취업 준비생들을 예비 작가로 이끈 화두였습니다. 삶의 중요한 전환점에 서 있는 그들에게 이 두 단어는 어떤 의미인지, 그 대답의 일부를 《성장과 성공: 아홉 개의 여정》에 담아냈습니다.

각자의 경험과 성찰에서 비롯된 아홉 작가의 이야기는 때로는 제 과거와 닮아 깊은 공감을 불러일으켰고, 때로는 새로운 관점을 제시해 신선한 자극과 영감을 주었습니다. 하지만 무엇보다, 시련을 딛고 나아가는 작가들의 삶을 응원하며 따뜻해진 마음이 글을 읽는 내내 함께했습니다. 제가 느낀 이 온기가 독자 여러분께도 전해지기를 바랍니다.

아홉 개의 다른 이야기를 두 언어로 엮어낸 몇 달간의 과정은 저에게도 또 하나의 성장 여정이었습니다. 그리고 이 책을 세상에 공유하는 지금, 제 자신과 타인에게 의미 있는 일을 통해 삶을 만들어 가는 것 또한 성공의 일면이라는 생각이 듭니다.

아프지 않은 성장통은 없듯, 과거의 실수와 시행착오를 되돌아보고 이를 성장과 성공의 발판으로 삼는 데에는 용기가 필요합니다. 더 나아가, 그 경험을 타인과 나누는 일 역시 쉽지 않은 도전입니다. 이번 출판을 통해 용기 있게 성장에 도전한 아홉 명의 작가들에게 깊은 감사를 전합니다. 비록 매끄럽게 다듬어진 문체는 아닐지라도, 이들의 진솔한 이야기가 독자 여러분의 삶에 작은 긍정의 울림으로 전달되길 바랍니다. 감사합니다.

2024년 12월
루디아 리

루디아 리

미국 세인트루이스 워싱턴대학교(Washington University in St. Louis)를 졸업한 후, 서울에서 영어 교육에 전념해오고 있다. 수강생들이 자신의 영어책 출판을 통해 보다 능동적으로 언어를 체득하도록 돕는 일을 사랑한다.

저 서: 《Flora and the Rainbow Flower》, 《200 Useful English Phrasal Verbs for Upper Intermediate Sutdents》
편집작: 《Home of Blue》, 《9 Voices, 9 Values》

이메일: ludiaeng@naver.com
블로그: blog.naver.com/ludiaeng

차 례

작은 손

김하늘

김하늘

지금까지의 제 인생을 '다사다난한 인생이었다'보다는
'컬러풀한 인생'이라고 표현할게요.
전 컬러풀한 김하늘이에요 :)

링크드인: linkedin.com/in/rememberiamsky
인스타그램 @pingukirbysky

그동안 나는 성공과는 거리가 먼 사람이라 생각해 왔다. 아니, 항상 실패한 사람이라 생각했고, 지금도 남들이 부러워할 만한 엄청난 성공을 이루어 낸 사람은 아니라고 생각한다. 불과 몇 달 전까지만 하더라도 나의 장점이나 내가 이루어 낸 것은 외면하고 나의 단점과 실패만 바라보며 자책만 했다. 목표했던 명문 대학교에 입학했지만, 졸업 후에는 예상치 못한 코로나라는 벽에 막혀 취업의 문이 닫혀버렸다. 열심히 노력했지만, 그때의 절망감은 나를 깊은 무기력에 빠지게 했다. 실패를 많이 경험했음에도 나에게 그 절망감은 정말 심각하게 다가왔다. 그동안은 오로지 좋은 직장에 가고 돈을 많이 벌고 좋은 배우자를 만나는 것만이 훌륭한 성장과 성공이라고 여겼기에 '이렇게 열심히 살아도 결국 실패만 남는 걸까?' 하는 생각이 떠나지 않았다. 당장 뉴스만 봐도 정말 많은 20·30세대들이 이러한 경험을 하고 있다. 열심히 노력해도 현실의 벽에 막혀 좌절하는 자기 모습을 보면서 괴로워하고, 돈을 많이 벌며 성공한 삶을 살아가는 사람들과 스스로를 저울질하며 점점 미궁 속으로 빠져들어 가고 자책하는 경험. 그때의 나는 그렇게 내 미래가 막혀버린 듯한 느낌 속에 갇혀 있었다.

누구나 한 번쯤 생각해 봤을 주제. "나는 성공한 사람인가? 나는 성장하는 중인가?" 내 인생에 끊임없이 나타나던 '성장'과 '성공'이라는 단어는 경쟁과 우월함을 중시하는 자본주의 사회에서 어쩔 수 없이 늘 마주하게 되는 것 같다. 위 질문에 답할수록 정답은커녕, 나는 스스로를 실패한 사람이라고 여겨왔고, 동시에 애꿎은 '성장'과 '성공'이라는 말까지 기피하게 되었다. 그런데도, 지금은 어렴풋이 성장과 성공이 무엇인지 알아채 가는 중이다. 아주 조금이지만 말이다. 나를 아껴준 사람들과 짧았던 인연 속에서 경험했던 따뜻한 교감, 예상치 못하게 받은 순수한 사랑이 나에게 새로운 깨달음을 주었다. 그것이 어쩌면 성장일지도 모른다고 생각한다. 지금부터 나의 특별한 사랑 스토리를 말해볼까 한다.

나에게는 잊을 수 없는 순간이 하나 있다. 학원에서 강사로 일할 때였다. 앞에서 말한 사랑 스토리는 사실 나의 학생들과의 사랑 스토리이다. 스승의 날이 다가왔을 때, 작은 손으로 꾹꾹 눌러쓴 아이들의 편지를 받았던 날이다. 삐뚤빼뚤한 글씨로 '선생님 사랑해요'라고 적어 벌게진 귀로 부끄러워하며 건네주던 작은 손, 색연필로 그린 그

림과 함께 '선생님 감사합니다. 우리 집 놀러 와요'라고 쓰고는 빨리 읽어 달라며 보채던 작은 손. 비록 맞춤법은 엉망진창에 글씨도 알아보기 어려웠지만 말을 네다섯 줄 써준 것이 기특했다. 이 아이들에게는 이 네다섯 줄마저 20분, 30분 걸렸을 문장이었다. 한 줄, 한 줄을 읽을 때마다 가슴이 뭉클해졌고, 눈물이 맺히기도 했다. 이때까지만 해도 이런 사랑을 받는 것이 당연한 것이 아니라는 것을 몰랐다. 나는 그 작은 손들이 나에게 이렇게 기억에 남을 줄 몰랐다.

이 작은 행복을 오래 누리지는 못했다. 근무하던 학원에서 노동법 관련 분쟁으로 인해 나는 예기치 않게 해고를 당하게 되었다. 사랑스럽게 지내던 아이들과 갑작스럽게 이별하게 될 것임을 자각했을 때, 멍청하게도 그제야 아이들의 사랑이 더 크게 다가왔다. 계약 종료일은 생각보다 더 빨리 다가왔다. 한 달이라는 시간이 그렇게 순식간일 줄은 몰랐다. 아이들과 헤어질 준비를 조용히 하고 있었는데, 학원 측에서 갑자기 사흘 정도 유급 처리를 해줄 테니 나올 필요가 없다는 통보를 받았다. 그런데 아직 아이들에게 인사도, 하고 싶은 말도, 건강하게 지내라는 말조차 해주지 못한 상태였다. 지금까지 아르바이트를 할 때는 이 정도로 아쉬웠던 적이 없었는데 이번에는 달랐다. 아이들을 다시 만나지 못한다는 생각이 내 머릿속을 계속 맴돌고 있었고 가슴에 돌덩이를 얹은 듯 무거웠다. 그래서 학원 측에 챙길 짐이 있다고 서류상 마지막 근무일에 가서 짐도 챙기고 아이들과 간단히 인사를 하고 싶다고 부탁했고, 다행히도 승낙받았다. 사실 학원에 남겨놓은 짐이랄 건 볼펜이랑 색연필이 전부였지만, 나는 짐을 챙긴다는 핑계로 학원에 갔던 것이었다. 평소 아이들이 예쁘다고 해줬던 옷을 골라 다림질하고, 아이들이 "도깨비 같다"며 놀리곤 했던 진한 화장은 포기하고 아이들이 예쁘다고 해준 화장을 한 시간이나 했다. 평소에는 대충하고 가던 화장이었는데 중간중간 맺히는 눈물 때문에 어찌나 오래 걸리던지, 마지막인 만큼 정말 잘 보이고 싶었다. 그리고 아이들이 나에게 써준 편지에 꾹꾹 눌러 담았던 마음처럼 나도 9장의 편지에 내 마음을 눌러 적었다. 함께 일하던 동료 선생님께는 잠시 들를 거라는 짧은 메시지를 남기고, 학원으로 향했다.

아이들을 만나러 익숙한 복도를 지나 교실에 들어갔지만, 아이들은 없었다. 상사에게 물어보니 아이들이 어디에 있는지 알려줄 수 없다고 했다. 그 순간 너무 당황스럽고 혼란스러웠다. '설마 인사도 못 하는 건가? 아이들에게 "난 너희를 이유 없이 떠나지 않겠다"고 하였는데?' 나는 아이들이 "그렇게 믿었는데 이번에도 거짓말쟁이 선생님이었네"라며 실망할까 두려웠다. 심장이 빨리 뛰었다. 뭐 하는 거냐고 따지고 싶었지만 설명하였다. 이미 사전에 허락받고 왔고, 오늘이 계약서상으로도 근무 마지막 날이라 아이들에게 데려다 달라고 했다. 결국 아이들을 만나러 갔고, 알고 보니 아이들이 동요할까 봐 다른 교실에 숨겨둔 것이라 했다. 화가 났지만 화를 내며 시간 낭비를 할 만큼 여유가 없었다. 아이들을 만나는 것을 늦추고 싶지 않았다.

아이들이 있던 교실에 들어가자 나를 보며 환하게 웃었고, 조금 큰 아이들은 웃음 속에 알게 모르게 두려움을 감추고 있었다. 나는 동그랗게 둘러앉은 아이들 사이에 쭈그려 앉아 아무 말없이 편지를 나눠주었다. 항상 시끌벅적했던 나의 아이들답지 않게 왠지 모르게 조용하고, 엄숙하기까지 했다. 원래는 이름을 하나하나 부르며 전해주고 싶었지만, 눈물이 흘러 이름을 부르지 못했다. 이기적이게도 내가 흘렸던 눈물은 이 사랑이 사라질 것이라는 두려움이었다. 난 당연하다는 듯이 줄곧 받아온 이 크고 순수한 사랑을 갑자기 못 받는다고 생각하니 두려움이 앞섰다. 애써 웃으며 편지를 나눠주자 한 아이가 왜 우냐고 물었다. 편지를 읽어보라고 하니 아이들은 반응이 달랐다. 어린 아이들은 이해를 잘 하지 못하였고, 조금 큰 아이들은 적지 않은 충격을 받은 듯 보였다. 상사가 아이들의 심상치 않은 반응을 보더니 우리에게 와서는 내가 멀리 떠나야 해서 아이들을 떠난다고 거짓말하였다. 나는 화가 났다. 교육자로서 아이들에게 거짓말하지 말라고 가르치는 사람이 거짓말을 하는 것과, 그 이유가 이별의 이유는 절대 아니었기 때문이다. 내가 한마디 했다. "적어도 교육자라면 아이들에게 거짓말은 하시면 안 되죠. 전 어디로 떠나지 않습니다."

　상사는 계속 변명하며 아이들을 데리고 급하게 떠나려 했다. 조금 더 어린 아이들은 "내일 봐요~"라며 떠났고, 큰 아이들은 하고 싶은 말이 많아 보였지만 눈치를 보다가 결국 하지 못한 것 같았다. 계속 뒤돌아 흘끔흘끔 나를 보는 아이들을 바라보다 보니 아이들은 어느새 떠나 있었다. 나는 아이들이 떠난 빈 교실에 잠시 앉아 있다가 도망치듯 나왔다. 창피해서가 아니었다. 나를 못 본다는 말에 심란한 표정을 짓는 아이들에게 두려움이 밀려왔다. 동시에 미안하고 고마운 감정에 눈물을 멈추질 못했다. 나는 왜 이런 이유로 울고 있었는지 모르겠지만, 그 순간이 정말 견디기 힘들었다. 난 단순히 돈을 벌려고 이곳에 왔다고 생각했는데 아니었나 보다. 이렇게 소중한 아이들을 왜 하필 이런 곳에서 만나 이런 최악의 이별을 해야 하는가.

그날 밤, 많은 학생 어머니께서 연락을 주셨다. 학원은 강사들이 학부모와 직접적인 연락을 못 하게 했었기에 서로의 연락처가 없었음에도 학원 오픈 채팅 프로필을 통해 먼저 연락을 주셨다. 내용은 다양했지만 집에서 정말 많이 울었다는 내용이 대부분이었다. 특히 큰 아이들은 내 앞에서는 눈물을 참다가 집에서 부모님을 보자마자 눈물을 터트렸다고 한다. "선생님, 지금까지 너무 감사했습니다. 아이에게는 기억에 남는 선생님이실 거예요. 아이와 잘 놀아 주시고 가르쳐 주셔서 감사했습니다" "아이가 선생님을 다시는 못 본다고 너무 속상해하네요. 선생님이 주신 편지를 저에게는 절대 보여주지 않고 계속 몇 번이나 읽더라고요. 혹시 연락처라도 받을 수 있을까요?" 이때 느꼈다. '아, 이거 정말 큰 사랑이었구나. 내가 쉽게 받을 사랑이 아니었구나. 왜 항상 그 순간에는 깨닫지 못하고 지나고 나서야 그 진가를 알게 되는 걸까. 나 정말 성공한 사람이다'. 그중 한 아이와는 지금까지도 인연을 이어오고 있다. 그 아이의 집에 가보니 내가 준 편지가 책장에 붙어있었다. 심지어 그 작은 아이의 눈높이를 기준으로 가장 잘 보이는 위치에 꼼꼼히 붙여두었다. 비록 짧은 시간이었음에도 이 작은 손들은 절대 잊지 못할 성공의 한 페이지를 써줬다. 그 안에서 나는 진심을 느낄 수 있었고 아이들의 빛을 느꼈다.

하지만 지금 돌이켜보면, 그 시절 나는 단순히 취업만을 목표로 했을 뿐, 나 자신을 포기하지는 않았던 것 같다. 중국에는 이런 말이 있다. 不怕慢，只怕站。 느린 것을 두려워 말고, 멈추는 것만을 두려워하라는 뜻이다. 취업에 실패하고도 나는 가만히 있지 않았다. 그 절망 안에서도 계속 나 자신을 찾고 싶은 본능이 있었나 보다. 아르바이트를 꾸준히 하면서 생계를 이어갔고, 더 나아가 액세서리 쇼핑몰을 운영하며 새로운 도전을 해보기도 했다. 사실 학원강사로 일한 것마저 쇼핑몰을 운영하여도 노력에 대비해서는 결과물이 미미하였기에 그저 돈을 급하게 벌기 위해 시작한 일이었다. 내가 하고 싶어서 시작한 일이 전혀 아니었다. 당시에 난 아이들을 좋아하지 않았을 정도였다. 하지만 이 과정에서 예상치 못한 성장과 성공을 맛보았다.

사실 누군가는 이렇게 생각할 수 있다. "근데 그런 좋은 학생들을 만난 게 운이 좋았던 거 아닌가? 모두가 운이 좋지는 않아". 맞다. 난 비록 대우가 좋지 않은 학원에 입사하게 된 불운의 선생님이었지만 동시에 너무 좋은 아이들을 만나 사랑받은 행운의 선생님이었다. 오죽하면 '하필 이곳에서 이런 좋은 아이들을 만나다니'라며 아쉬워

했다. 슬프게도 자본주의 사회에서 행운의 상징인 복권마저 노력이 필요하다. 복권을 사러 가거나 앱을 다운받아 결제하는 노력조차 없으면 복권에 당첨은 절대 되지 않는다. 그 복권을 사는 돈도 돈을 벌기 위해 노력했을 것이다. 행운의 상징마저 이런 노력이 필요한데 운이 항상 좋지 않았던 나는 행운을 위해서 당연히 몇 배의 노력이 필요했다.

비록 내가 했던 창업 도전, 학원강사, 10개가 넘는 아르바이트 그리고 투잡, 쓰리잡까지 하던 것들이 당시에는 별 볼 것 없다고 생각했었다. 내가 능력이 부족하기에 이렇게 산다고 생각했다. 그 당시의 나는 나 자신을 포기하지 않고 계속 앞으로 나아가고자 했다. 실패했다는 것을 인정하는 것부터 성공에 한 발짝 다가선 것이다. 어쩌면 그것이야 말로 나에게 필요한 작은 성공과 성장의 시작이었는지도 모르겠다. 이 도전 속에서 나는 나 자신을 사랑하는 방법을 배웠고, 어떠한 상황에서도 나 자신을 믿고 가치를 잃지 않는 것이 진정한 성공의 한 형태임을 조금씩 깨닫게 되었다.

결국 성장과 성공이라는 것은 무언가를 거창하게 이루는 데서만 오지 않는 것 같다. 꼭 남들이 부러워하고 대단하다고 여겨야지만 성장한 것이고 성공한 사람인 것일까? 난 아이들로부터 받은 순수한 사랑, 스스로를 놓지 않고 꾸준히 도전했던 작은 노력 속에서도 깊은 의미를 찾을 수 있었다. 이제는 그저 결과에 연연하기보다는, 나 스스로 진실한 순간을 쌓아가는 것이 내 인생 첫 번째 성공이자 성장이라고 감히 예상해 본다.

우리 모두 자신이 걸어온 길을 돌아보고, 사랑과 열정 속에서 진정한 성장과 성공을 찾길 바란다. 물론 실패를 인정하는 것도 굉장히 중요하다. 하지만 요즘은 많은 사람들이 나처럼 실패만을 인정하고, 자신의 작은 성공들은 또 다른 성공을 하기 위한 성장의 단계라고 생각조차 안 하는 것이 속상하다. 내가 그런 사람이었기에 이 글을 읽는 사람들 만큼은 자신의 실패와 성장, 성공을 생각해 보고, 채찍질도 좋지만 무엇보다 자기 자신을 아껴줬으면 좋겠다.

성공은 오롯이 자기가 어떻게 여기느냐에 따라 성공의 크기가 결정된다. 우리 모두 더 큰 변화를 만들어 낼 수 있기를.

삶을 지탱하는 무기: 사명

임현섭

임현섭

단 한 번뿐인 삶, 한 번의 여정,
미래 후손들에게 번영이 있기를.

이메일: heansum1556@gmail.com

제 인생은 한 선배를 만난 후 완전히 달라졌습니다.

17살, 고등학교 진로 수업 시간에 같은 학교 출신이었던 선배가 오셔서 강연을 하셨습니다. &세상을 바꾸는 시간 15분&이라는 프로그램에서 하셨던 강연과 같았죠. 부산의 가난한 동네에서 언덕 위에 위치한 컨테이너에서 살았던 그가 지금은 정부 창업지원 단체의 리더이자, 카카오 창업자, 배달의 민족 창업자, JYP 같은 사람들과 함께 2014년 동아일보가 선정한 10년 뒤 한국을 빛낼 100인으로 선정되었다고 했습니다. 소설과 같은 그의 성공이 믿기지 않았습니다.

선배의 성공에는 비밀이 없었습니다. 세상에서 이야기하는 길을 선택하지 않고 나만이 만드는 그런 길을 선택해야만 했습니다. 매우 거칠고 힘들고 고통스러운 길입니다. 세상 그 누구도 나의 편이 아니더라도, 미쳤다고 해도, 나의 신념을 믿고 나아가는 것입니다. 그것이 그토록 힘든 것은 세상 모든 사람들이 알고 있죠. 세상 모두가 나를 미워하고, 나를 비웃고, 나를 깎아 내려도, 나 스스로를 믿고 사명감을 가지고 세상에 가치를 창조해야 합니다. 모든 사람들이 알지만 실패가 두렵고 리스크를 지기 싫어하기 때문에 도전하지 못합니다. 성공에는 비밀은 없습니다. 매 순간이 고통의 연속입니다.

선배와의 만남 이후로 창업을 위해서 가슴이 뛰는 무언가를 찾아다녔었습니다. 하지만 목표를 가지는 것은 때로는 효과적일지는 몰라도 그 목표만을 추구하면 본질을 놓치게 됩니다. 마치 스티브 잡스가 '사랑하는 일을 하라'라고 말을 했었던 것이 와전이 된 말인 것을 대부분의 사람들은 모릅니다. 잡스는 '일을 사랑하라'라고 말을 한 것이었죠.

세상에 없었던 기술 기반 창업을 하는 것이 저에겐 우선되어야 한다고 생각했었습니다. 처음에는 그것이 '멋져' 보이는 이유였죠. 하지만, 창업, 스타트업, 사업은 전혀 멋진 일이 아니었습니다. 그것이 멋있어 보인다는 것은 모두 허상이었습니다. 매 순간이 고통의 연속이었고 찰나의 해결의 실마리와 도전한다는 그 순간 자체에서 오는 몰입감이 저에게 행복을 가져다주었습니다. 저는 어느 순간부터 일을 사랑하고 있었습니다.

저는 창업을 위해서 자그마치 10년을 준비했습니다. 선배와의 만남이 있었던 이후로 10년이 지났네요. 저는 그 덕분에 죽을 때까지 흔들리지 않는 삶의 철학을 만들 수 있었습니다. 저는 제가 맞다고 확신했습니다, 10년 전부터요. 때는 고3, 현실적인 학과 선택을 위해서 모든 진로 경로 탐색을 마쳤습니다. 인문, 자연 계열 모든 학과, 모든 대학, 모든 대학원, 석사박사, 진로를 모두 미리 파악했습니다. 10년 뒤, 20년 뒤, 30년 뒤 길을 먼저 걷고 있는 사회 선배님들의 이야기와 정보를 습득했고, 그들은 누구나 사회에서 원하는 사회인이었습니다.

그들은 모두 임금 노동자들이었습니다. 그것이 나쁘다는 것이 아닙니다. 그것이 현실이라는 것입니다. 물론 때로는 회사와의 계약을 맺고 '임금'을 받는 것이 훨씬 리스크가 적을 때도 있습니다. 하지만 늘 그들이 원하는 만큼의 경제적 보상이 뒤따르는 것은 아니었습니다. 그것 또한 현실이기 때문입니다.

"나 사업 할 거야", "나 스타트업 할 거야", "나 도전할 거야"라고 말을 하면, 주변의 모든 사람들은 나를 깎아 내리고, 무시하고, 몽상가로 생각했습니다. 그들은 두려워서 어떠한 시도와 도전조차 할 생각이 없었기 때문입니다. 대부분의 사람들은 보상과 경제적 여유는 원하지만 정작 아무런 실행은 하지 않습니다. 그렇기 때문에 정말 실행하는 사람을 보면 현실과의 괴리를 느끼게 됩니다.

대학은 마치 저에게 시간 낭비처럼 느껴졌습니다. 고등학교랑 별반 차이가 없었습니다. 교수, 교재, 시험... 모두 저를 따분하게 만들었습니다. '결국은 그냥 기업에 들어가서 직장 생활하고 임금 받는 게 다 아닌가?'라는 생각이 맴돌았습니다. 그게 저는 죽도록 싫었습니다. 저는 제 삶을 살고 싶었습니다. 그래서 저는 휴학을 하고 군대를 제대한 뒤 국가 교육 기관에서 수학했습니다.

3무 시스템: 무 교재, 무 교수, 무 수료증. 과학기술정보통신부 산하 기관인 이노베이션 아카데미에서 주관하는 42 Seoul에서 기술적인 역량을 함양했습니다. 너무나도 즐거웠습니다. 너드, 공대생, 코딩. 그들은 일을 사랑하는 사람들이었습니다. 가슴이 뛰는 매 순간이었습니다.

하지만 누구보다 뛰어난 엔지니어였던 그들도 자신이 만들어 내는 코드 한 줄이 이 사회와 세상에 어떤 가치를 만들어 내는지 본질적인 이유를 알지는 못했습니다. 문제를 해결하는 데에는 탁월하지만 어떤 가치를 창조하는지에 대한 명확한 비즈니스 로직이 없었습니다. 기업 취업을 위해서 수학하는 사람들이 99% 가까이 되었습니다. 저는 여기서 창업 부트캠프를 선택했습니다.

창업부트캠프 대표님을 만나게 되면서 저는 드디어 마음을 놓을 수 있었습니다. 저처럼 수없이 많은 사업가들이 도전하고 있었습니다. 우리는 도전을 위해서 모였습니다. 여기서 창업가 정신을 확립했습니다.

Top-Down 사고법과 Bottom-Up 사고 방식, 가설 검증 수립과 실행 등 수없이 많은 시도들이 어떤 의미를 가지는지 알 수 있었습니다. 대한민국에서 가장 앞서는 부트스트래핑 창업 교육이었습니다.

그렇게 창업 부트캠프 수료 후 유튜브 한 영상이 130만 조회 수를 기록한 저와 동갑인 젊은 대표님을 만나게 되었습니다. 그 대표님께서도 커머스 회사 4개월 차 인턴이었을 때 2~3개월 전, 8만 원으로 시작했던 부업이 월매출 7천만 원을 넘어가면서 회사를 그만둘 수 밖에 없었다고 하셨습니다. 현재는 직원 수 5~6명, 법인 연 매출 약 100억을 바라보고 계신다고 합니다.

부트캠프 수료 후 거래처 대표님과 거래하면서 저는 온라인 사업을 시작했습니다. 여기서부터 실전이었습니다. 수많은 마케팅 대행사에서는 하루가 다르게 전화가 왔었고, 상세 페이지 기획부터 고객의 유입과 전환을 생각하게 되었고 어떻게 하면 매출을 낼 수 있을지 고민하게 되었습니다.

실제로 사업자를 내고 실행해 보면서 정말 많은 경험을 짧은 시간 동안 할 수 있었습니다. 희로애락이 그것일까요? 저는 이러한 롤러코스터를 치는 감정 속에서 중심을 잡을 철학이 필요했습니다. 매출이 오르건 내리건 절대 흔들리지 않고 사업의 영속성을 유지할 수 있는 것. 그것은 기업이 지니는 본질과 철학이었습니다.

120

그 철학은 기업이 어떠한 가치를 창출하고 전달하는지, 왜 이 일을 하고 있는지 명확한 사명감이 필요했습니다. 사명감이 우리 모두를 움직이게 하기 때문입니다. 기업 철학을 생각하기 전 저의 삶의 철학을 먼저 생각하게 되었습니다. 어떤 기업을 만들어야 하는 이유 이전에 저의 삶의 철학이 확립되어야 했기 때문입니다.

지난 10년, 고난의 시간이 길었지만 그것이 현재의 저를 만들었고, 제 인생에 흔들리지 않는 철학을 심어주었습니다. 죽음을 생각할 것, 이것이 바로 저를 지탱해 주는 제 삶의 철학입니다.

누구도 죽음을 피할 수 없습니다. 지구에 사는 인간은 모두 예외 없이 죽음을 맞이하죠. 그렇다면 죽음 이후 남는 것은 무엇일까요? 제 인생철학에 따르면 세 가지가 남습니다.

첫째는 직계 후손.
둘째는 직계 후손을 제외한 인류의 후손들.
셋째는 제가 살아있는 동안 인류를 위해 창출한 가치, 죽은 이후에도 회사를 통해 사람들에게 지속적으로 전달될 수 있는 가치입니다.

이 세 가지 요소는 상호 작용합니다. 제가 더 많은 가치를 창출할수록 제 직계 후손과 저 자신도 더 부유해질 것입니다. 그러니 우리는 자신만을 위한 것이 아니라, 더 큰 가치를 창출하는 것에 집중해야 합니다. 이것이 제 인생의 사명입니다. 저는 죽음을 두려워하지 않고, 흔들리지 않을 것이며, 인생에서 무슨 일이 일어나든 절대 포기하지 않을 겁니다.

삶은 정말 다양해요. 누구든 자신의 선택을 할 수 있습니다. 저는 각자가 자신의 철학을 세워야 한다고 생각해요. 철학이 생기면 흔들리지 않을 겁니다. 저는 이런 사명을 세우면서 자연스럽게 더 큰 꿈을 꾸게 되었습니다.

회사를 만드는 것은 마치 지속 가능한 나라를 세우는 것과 같습니다. 그렇기에 단지 돈을 버는 것에만 연연할 것이 아니라 동료와 고객, 인류를 위한 문화를 창조해야 한다고 생각해요. 제가 사람들을 위해 창출할 가치에는 제한이 없습니다. 그게 수출이고, 인류 전체를 연결하는 것이죠.

내수 시장의 한계는 명확합니다. 대한민국 인구는 5천만 인구이지만 여기서 나이와 성별로 나누게 되면 시장의 파이는 더욱 더 좁아집니다. 이처럼 도달할 수 있고 전달할 수 있는 가치의 효용이 내수 시장에 국한됩니다. 그렇기 때문에 수출로서 80억 인구의 전 세계 시장으로 확대한다면 같은 상품과 서비스여도 도달할 수 있는 시장의 크기는 훨씬 더 커집니다. 말 그대로 시장의 한계를 뛰어넘는 것입니다. 수출로 시장의 한계를 뛰어넘음으로써 우리의 상품과 서비스는 문화가 되고, 전 세계 사람들을 연결시키게 되는 것입니다.

회사의 가치는 무엇을 의미할까요? 바로 고객의 행복을 위한 것입니다. 하지만 고객의 행복에 대해 이야기하기 전에, 행복이 어디에서 오는지 생각해 봐야 합니다.

많은 돈을 벌면 행복할 거라고 믿으시나요? 저는 그렇게 생각하지 않습니다. 저에게는 웃고 있는 아기의 얼굴을 볼 때 느껴지는 것, 그게 바로 행복입니다. 나이가 들어도 우리 마음속에는 아기 같은 순수한 영혼이 있습니다. 일은 바로 그 영혼을 채우는 것입니다. 일을 한다는 건 행복을 제공한다는 의미죠. 고객, 인류, 행복을 원하는 사람들을 위한 것입니다.

수출은 전 인류를 위한 그런 행복을 실현하는 과정입니다. 그것을 통해 국민에게 부유함을 주고, 인류에게 행복을 주며, 양쪽 모두에게 미래를 제공합니다. 수출의 중요한 속성 중 하나는 고객의 수, 국가, 인종에 제한이 없다는 것입니다. 마치 기적과도 같아요. 국제 무역 분야에서 일한다는 것은 그 기적에 기여하는 것입니다.

일을 하며 의미를 찾고 싶다면, 자신의 일이 무엇을 의미하는지 생각해 보세요. 그래서 저는 제 이야기를 동료들에게 전하고 싶습니다. 그리고 여러분도 꼭 해내기를 바랍니다. 즐기세요!

멘토들의 가르침

정혜원

정혜원

제 인생은 드라마에요.
그 속에서 주인공은 저고, 스토리는 제가 만드는 거예요.

인스타그램 @la_lalilac

저에게 성공의 정의는 시간이 지날수록, 다양한 사람들을 만나고 경험이 쌓일수록 달라졌습니다. 어렸을 땐 텔레비전에 나오는 사람들의 인생이 성공처럼 보였고, 학창 시절엔 좋은 대학에 들어가고 대기업에 취직하는 것이 성공이라고 생각했습니다. 그러나 2023년을 기점으로 저만의 새로운 성공의 정의를 내리게 되었습니다.

2022년 겨울, 미국 시애틀에 있는 한 회사로부터 합격 통지를 받아 1년 동안 미국에서 살게 되었습니다. 그때 저는 25년 동안 부모님과 6살 많은 오빠의 과보호 아래 살아왔기 때문에 혼자서 뭔가를 해본 적이 없었습니다. 그런데 한국이 아닌 미국에서 혼자 산다는 건 엄청난 용기와 도전이 필요한 일이었습니다. 집을 구하고 차를 사는 것, 그리고 무엇보다 회사에서 일을 잘 해낼 수 있을까 걱정이 있었습니다. 혼자 살아본 경험이 없었기에 '내가 과연 해낼 수 있을까?'라는 의심과 불안감이 들었고, 제 자신에 대한 믿음이 부족했습니다. 그럼에도 불구하고 이상하게도 잘 될 것 같다는 막연한 자신감이 있었고, 다행히 출발은 순조로웠습니다.

저는 한 주택의 방 하나를 렌트해 살게 되었는데, 제 상상과는 조금 다른 곳이었습니다. 방은 넓었지만 가구는 오래 되었고, 창문 너머로는 옆집이 바로 보여서 커튼을 내리고 지내야 했으며, 침대에 누우면 창가 사이로 새어 나오는 바람에 코끝이 시리기도 했습니다. 그래도 저는 매우 만족했고, 이내 편안함을 느꼈습니다. 무엇보다 어릴 적부터 항상 동경하고 꿈꿔왔던 미국에 와 있다는 게 믿기지 않았고, '아메리칸 드림'이란 말처럼 성공에 가까워진 듯한 기분이었습니다.

2023년 1월 23일. 어느덧 2년이 다 되어가지만 아직도 첫 출근일이 생생하게 생각납니다. 서툰 운전 실력으로(나중에는 눈 감아도 길이 훤하게 그려 졌지만) 휴대폰의 구글맵을 보며 이상한 곳으로 갈까봐 잔뜩 긴장한 채로 회사 건물 앞에 도착했지만, 입구를 못 찾아서 저희 사무실과 먼 다른 사무실 앞에 주차를 하고 지나가는 분께 길을 물으며 겨우겨우 도착을 했습니다. 그리고 사무실 분들께 어색하게 인사를 드리고 제 자리에 앉았습니다. 모든 것이 낯설었지만, 저에게 첫 회사였던 그곳에서 정말 잘 해내고 싶었습니다.

운이 좋게도 제가 속한 부서의 팀장님이신 김팀장님은 정말 좋은 분이셨습니다. 저는 식품 회사 구매부에서 인턴으로 일하게 되었고, 1년 뒤 한국으로 돌아가야 했습니다. 그럼에도 불구하고 김팀장님은 저에게 열과 성을 다해 회사 소개는 물론이고 경영진들의 스토리, 우리 부서의 업무와 앞으로 제가 해야할 일들까지 하루에 3시간씩 3일에 걸쳐 자세히 설명해 주셨습니다. 김팀장님께서는 비록 1년밖에 일할 수 없는 인턴이지만, 자신이 일하게 될 회사와 업무를 정확히 파악하고 일하는 것이 중요하다고 말씀하셨습니다. 되돌아 보면 김팀장님은 굉장히 바쁜 분이셨는데, 인턴인 저에게 그렇게 열정적으로 교육을 해주신 점이 정말 대단하고 감사하다는 생각이 듭니다.

김팀장님과 함께 일하며 저는 가끔 '김팀장님께선 성공이 무엇이라 생각하실까?' '김팀장님께서 이토록 바쁘게 일하시는 건 일을 정말로 사랑하셔서일까, 아니면 성공을 위해서일까?'라는 궁금증을 가졌습니다. 제가 직접 여쭤본 적은 없지만, 개인적으로 팀장님은 일을 정말 사랑한다고 생각합니다. 하루 종일 일 생각밖에 안 하시는 것 같고 새로운 사업을 시작할 때 눈을 반짝이며 즐거워하시는 모습에서 일을 진심으로 즐기고 사랑하신다는 것을 알 수 있었습니다.

김팀장님께선 사실 무작정 미국에 오신 후, 지금의 회사에 직접 찾아가 일을 시켜 달라고 부탁하셨다고 합니다. 그 열정에 감동한 부사장님께서 기회를 주셨고, 팀장님은 그 후 정말로 열심히 일하며 지금의 위치에 오르셨습니다. 저는 김팀장님의 이야기에 깊은 감명을 받았고, 스스로 부족하다고 생각하며 도전을 망설이지 말고, 기회를 얻기 위해 일단 도전하고 실패를 두려워하지 말아야겠다고 다짐했습니다.

그 외에도 제게 많은 도움을 주시고 시야를 넓혀 주신 분이 한 분 더 계십니다. 모두에게 "창고장님"이라고 불리시던 물류팀의 David 팀장님이십니다. 저에게는 미국에서의 아버지 같은 존재로, 제 인생에 큰 영향을 주셨습니다. 다른 부서인데다 인턴에 불과한 제가 그 분과 친해질 수 있게 된 건 우연이었습니다. 미국은 한국과 다르게 골프 필드 비용이 매우 저렴하다는 말을 듣고 골프를 배워볼까 했는데, 대리님께서 마침 창고장님께서 골프를 잘 치실 뿐만 아니라 잘 가르쳐 주신다며 창고장님을 소개해주셨습니다. 저는 곧 창고장님께 골프를 배우기 시작했고, 친해지게 되며 귀중한 인연을 맺을 수 있었습니다.

창고장님은 저에게 삶의 지혜 또한 알려셨습니다. 유쾌하고 패션 센스가 남달랐던 회색 머리의 창고장님은 제가 여태껏 겪었거나 봐 왔던 60대 이상의 분들과는 전혀 다른 분이었습니다. 창고장님은 사실 한국에서 큰 성공을 해 돈을 엄청나게 벌었다가 한순간에 잃어 적은 돈으로 미국에 건너와 몇 번의 성공을 거듭했지만 실패 또한 이어져 지금의 이 작은 회사 팀장으로 일하게 되었다고 하셨습니다. 인생에서 실패와 성공을 둘다 알았기에 실패하더라도 최선을 다하면 반드시 기회가 올 것임을 알기에 지금은 행복하다고 하셨습니다. 인생은 정말 재미있고, 성공을 할 수도, 실패를 할 수도 있지만, 반드시 기회가 또 오고, 또 다시 일어설 수 있으니 실패했다고 좌절하고 포기할 필요 없이 매순간 온 힘을 다해 열정적으로 살아가라고 누누이 말씀하셨습니다. 그리고 '한 번 뿐인 인생, 멋지게 살아야하지 않겠냐'며 꼭 성공해서 자기를 찾아오라고 농담처럼 항상 말씀하셨습니다.

창고장님의 말씀을 듣고는 어쩐지 막막할 것 같던 인생에 용기가 생겼고, 앞으로의 제 인생이 재미있을 것 같다는 기대감이 들었습니다. 그리고 그 순간, '재미있는 인생을 산다고 할 수 있는 사람이 성공한 것 아닐까?' 하는 생각이 들었습니다. 그때부터 제 인생을 마치 한 편의 드라마와 같이 하고 싶은 것 마음껏 해보고, 성공과 실패도 경험해 보며 인생을 다양한 색깔로 물들이고 싶다는 생각을 합니다. 그러기 위해서는 실패를 두려워하지 않고 꼭 성공을 위해서만 도전을 하는 것이 아닌 실패를 위한 멋진 도전도 하며 제 자신의 성장과 성공을 위해 나아가고자 합니다.

각자의 위치에서 성공을 위해 노력하는, 저마다의 사연이 있는 분들의 모습이 정말 아름답게 느껴집니다. 먼 미국 땅에서 김팀장님과 창고장님을 만나 우물 안 개구리였던 저를 내적으로 많은 성장을 하고 인생의 새로운 목표 설정을 하게끔 이끌어 주신 두 분께 감사드리며, 저 역시 현재의 자리에서 주어진 일에 최선을 다하며 제가 생각하는 성공한 인생을 살기 위해 노력하려 합니다.

별처럼 빛나는 앞으로의 너에게

황현주

황현주

내 이름은 황현주! 탐정..은 아니지만...!!
옥빛 현, 구슬 주, 이름처럼 "용이 가진 여의주"입니다!
더 빛나는 여의주가 될 수 있도록 연마하는 중이죠!
세상에 조금의 웃음을 더하며, 오늘 하루, 내일, 그리고 더 먼 미래가
밝고 웃음으로 가득한 나날이 될 수 있게 나아가는 중...! \^^/

이메일: hhj2398@gmail.com

To. 25살의 황현주

　이 글은 제가 저에게 쓰는 위로의 글이자, 앞으로의 10년간의 표지
판이 될 편지입니다. 올 한 해 참 많은 일들을 겪었습니다. 그로 인한
아픔과 힘듦 속에서 지금까지도 많이 방황하고 있지만, 그럼에도 더욱
성장하고 앞으로 나아가고자 이 글을 써보았습니다. 이 글을 읽고 계
시는 모든 분에게도 조금의 위로가 되기를 바라며 이 편지를 전합니다.

성공한 현주가 성장하는 모든 현주에게 해주는 이야기:

오늘은 잠든 아이들을 방에 두고 거실에 나와 노트북을 켰어. 삶이라는 여정 속에서 잠시 지쳐있을 네가 조금 덜 헤매기를 바라며 너에게 이 이야기를 들려주고 싶어. 25살, 그때만큼 많은 것을 경험하고 아프고 성장한 해도 없었을 거로 생각해. 너는 당장 그해 결국 포기하고 잃어버리고 아무것도 얻은 것이 없었다고 생각하고 있겠지만, 조금만 지나면 그게 아니라는 것을 깨달을 거야.

3년을 절박하고 간절하게 달려온 행정고시를 포기하고 낙담해 있을 너에게 그건 결국 너에게 가장 큰 자산이자 최고의 선택이었다고 말해주고 싶어. 엄마가 입버릇처럼 하셨던 말씀이 있지. "세상에 잘못된 선택은 없다. 결국 그 선택을 어떤 선택으로 만들지는 본인에게 달렸다." 너는 결국 "포기"라는 가장 무시무시한 선택을 인생 최고의 선택으로 만드는 데 성공해.

네가 즐겨보던 어떠한 만화영화나 애니메이션에서도 "포기"는 좋은 것이라고 말하지 않았을 거야. 지금 우리 아이들이 보는 얇디얇은 동화책마저도 "포기"는 하면 안 되는 것이라고 말해. 찌질하고 못난 주인공, 약한 주인공이 끊임없이 자신을 갈고닦고, 주변에서 모두 안 된다며 포기하라고 외쳐도 포기하지 않은 끝에 악당을 물리치고 모두에게 인정받지. 하지만 그건 이상적으로 결말이 정해진 만화영화일 뿐이야. 너도 이제는 알겠지만, 인생은 네가 계획한 대로만 흘러가지 않아. 처음이었겠지, 한 번도 그렇게 간절해 본 적 없었으니까. 지금까지는 학생회 임원, 대학 입시, 대학 생활 등 모두 원하던 방향으로 물 흐르듯 이루어졌으니까.

인정해, 더 이상 나는 되고 싶었던 흔한 스토리의 주인공이 될 수는 없어. 근데 그거 알아? 자신의 숨겨진 힘을 찾은 주인공이 더 나은 길을 선택해서 결국 자신의 꿈을 되찾고 상상보다 더 멋있어진다는 이야기? 너는 꿈을 잃었다고 생각했을 거야. 하지만 아니야, 나는 어떻게든 나의 꿈을 되찾았어. 그러니까 더 고민해, 걱정할 시간에 고민해. 어떻게 하면 너의 꿈을 되찾을지.

꿈꾸는 자는 별빛처럼 반짝반짝 빛이 난다고 하잖아. 25살, 그때만큼 그 말이 사무치게 와닿았던 해도 없었을 거야. 당장 옆에 있는, 같이 공부할 때는 허름하고 초라해 보이던 수많은 고시생이, 자신의 꿈을 위해 달려가는 그 모습이 왜 그렇게 반짝반짝 빛나 보이던지…. 시험을 그만둔 자신과 다르게 뒤도 돌아보지 않고 달려가는 그 열기와 열정이 너무나 멋져 보였어. 빛나는 그들과 달리, 지금의 너는 스스로가 우울하고 너무나 어둡다고 생각하고 있을 테지.

그렇지만 꿈과 잠시 멀어졌다고 해서 빛나지 않는 것은 아니야. 심지어 꿈을 포기한 자 또한 빛나지 않은 것은 아니지. 석탄의 원리를 알고 있어? 석탄은 빛나지 않아, 오히려 겉으로 보기에는 예쁘지도 않고 그냥 시커먼 돌덩이일 뿐이야. 하지만 가열하기 시작하면 석탄은 뜨거운 심장을 가지고 무궁무진한 기계를 움직이는 연료가 돼. 나는 우리가 석탄과 같다고 생각해. 석탄은 가열점이 높아. 490도 이상으로 가열해야지만 연료로 쓸 수 있어. 가열하는 동안은 이산화탄소, 이산화황 등의 오염물질을 발생시키기도 해. 그러나 이러한 과정이 지나면 결국 수많은 공장과 기계를 움직이는 핵심적인 연료가 될 수 있어.

인생도 마찬가지라고 생각해. 물이 100℃ 전에는 끓지 않고, 석탄도 490℃ 미만에서는 쓸모가 없는 것처럼, 인생의 목표 또한 달성하기 전까지는 티가 나지 않아. 그렇게 가열하는 와중에 부작용도 많지. 여러 번의 탈락 결과, 괴로움, 자괴감, 먼저 취직한 사람들을 향한 부러움 등등. 수없이 많은 것들이 너를 아프게 할 거야. 하지만 이 모든 과정은 너의 꿈과 목표를 이루기 위해 필요한 조건들이라고 생각해.

네가 지금까지 배운 경제학은 네가 돈과 관련된 세상의 언어를 배우는 기초가 되었고, 관련 진로를 생각해 볼 수 있는 또 하나의 길이 되어 주었어. 행정법을 배우면서는 연이 없을 거로 생각했던 법률 용어를 공부하면서 뉴스나 무역 관련 법이 나올 때 더욱 쉽게 알아들을 수 있게 되었지. 실망과 탈락은 어때? 네가 지금까지 겪었던 고시생 생활이 너무나 힘들었던 나머지, 그 이후의 어려운 일이 있을 때마다 너는 이렇게 생각하게 돼. "그 거지 같은 고시생 생활도 버텼는데 이

쯤이야!" 그렇게 힘들었던 큰 파도가 다른 자잘한 파도는 아무것도 아니게 되는 방파제와 같은 기준점이 된 것이지. 네가 3년간 쌓아 올린 것 중 부정적인 감정들마저도 도움이 안 되는 것은 없었어. "세상에 배워 놓으면 쓸모없는 것은 하나도 없다"고 부모님이 늘 말씀하셨던 것처럼 말이야.

자, 그럼 다른 길을 찾고 있는 현재에 집중해 볼까? "가능성"이라는 말을 어떻게 생각해? 가능성이라는 것은 어찌 보면 참 잔인해. 그것은 "목표"를 반드시 이룰 수 있을 거라는 희망을 사람에게 심어주지. 하지만 목표라는 것은 참 막연하지만 확고해서, 사라져 버릴 듯하다가도 미련이라는 틀을 쓰고 네 앞에 나타나. 그런데도 사람은 그 일말의 가능성에 매달려 목표를 이룰 때까지 반복하다가 목표에 도달하지 못하면 문득 깨닫는 거야. '아, 아무것도 이룬 게 없구나.'라고 좌절하면서 말이야. 근데, 진짜 아무것도 아닐까? 그냥 단순히 가능성의 이름을 가진 희망 고문이었을 뿐일까?

아니, 나는 가능성의 다른 이름을 "기회"라고 말하고 싶어. 가능성을 가지고 있다는 것은 어쩌면 무한하게 성장할 기회가 될 수 있어. 목표를 이루기 위해 했던 모든 시도와 노력, 어쩌면 가장 쓸모없게 느껴지는 후회마저도 너를 더욱 성장시키고 또 다른 목표와 더 넓은 세계를 만나기 위한 기회를 확장해 주니까 말이야.

너는 고시생이라는 하나의 가능성 상태에서 벗어나 스스로 아무것도 이룬 것이 없다고 깨달을 때쯤 또 다른 가능성의 상태에 마주하고 있는 와중이야. 고시를 준비하는 내내 더 큰 세상으로 가고 싶다는 열망이 있었지만, 막상 그만두고 본격적으로 사회에 나가려니 그게 고시생을 하기 싫어서 나온 반대급부는 아니었을까 하고 후회하게 되지. 사실 너는 지금까지 너 스스로'안정 지향 주의자'라 여기며, 한 번도 한국이란 울타리 밖에 나와 무언가를 해보고 싶다는 생각을 해본 적이 없었을 테니까 말이야. 그렇지만 그거 알아? 인생의 터닝포인트는 아주 조그만 결심에서 온다는 것을.

고시까지 그만두었는데, 대학생 때 교환학생 한 번 안 해보면 후회할 것 같아, 충동적으로 다른 나라에 교환학생으로 가보자고 결심했었지. 해외로 나가는 것을 많이 원치도 않는데 괜히 신청했나 걱정도 가지고 있을 거야. 그러나 네가 내심 사람들에게는 "도피 유학"이라고 말하고 다니는 그 조그만 결심을 통해서, 너는 새로운 가능성을 열 수 있게 돼.

지금의 나는 교환학생이라는 단어만 들어도 설렘을 느낀다. 힘들었던 25살을 지나 그다음 해, 네덜란드에서의 추억은 정말 잊지 못할 거야. 그 낯선 곳에 대한 두려움과 기대의 향기가 코끝에서 기억으로 맡아지는 것 같아. '견문을 넓힌다, 또 다른 가치관을 만든다.'와 같은 이야기는 교환학생에 가기 전의 너에게는 뜬구름과 같겠지만, 지금의 나는 알고 있지. 더 큰 세상에서 많은 사람들을 보고 경험한다면 이것이 너를 변화시키고 성장시키는 원동력이 된다는 것을 말이야. 교환학생과 관련된 경험, 배움, 보고 들은 것들은 한국에 돌아와서도 네 20대의 가장 멋진 경험 중 하나로 남게 될 것이고, 취직에서도 또 다른 가능성으로 연결해 주는 다리가 될 거야.

이쯤 되니 도대체 결국 내가 무슨 말을 하나 싶지? 나는 어쭙잖은 낙관론을 말하고자 하는 게 아니야. 나도 아직은 인생이라는 것을 반의반도 알지 못하고, 앞으로의 미래는 한 치 앞도 알지 못하지만, 너보다 10년 먼저 살고 있는 입장에서 이거 하나는 알지. "너 자신을 믿어라." 조금은 뻔한 이야기지? 광화문 교보문고에 가면 이 말에 관련된 책이 천 권도 더 있을 거야. 하지만 세상은 뻔하면서도 놀랍고, 인간은 스스로가 겪기 전까지는 하나도 공감하지 못해. 아마 너도 지금쯤 인생이 계획한 대로 되지 않고 이리저리 제멋대로 데굴데굴 굴러가고 있다는 것을 실감했을 거야. 그러니까 이런 뻔한 말도 한번 실감해 봐. 이미 너는 스스로를 더욱 빛나게 할 모든 것을 갖추고 있고, 설령 부족하다 하더라도 충분히 그것을 채울 능력이 있어. 그러니 불안해하지 마. 망설이고 고민하고 좌절하고 다시 일어설지언정 불안해하지 마. 네가 가진 것을 믿고 뭐든지 좋으니 무엇인가를 해본다면 분명 그 선택이 좋은 하나의 연료가 되어 결국 크나큰 결실을 이루게될 테니까 말이야! 내가 담고 싶은 모든 이야기를 담은 것 같으니 이만 글을 줄일게. 마침 아이가 깨서 칭얼거리네…! 아 참! 네가 내 나이에 왔을 때쯤에는 45세의 내가 또 다른 편지를 썼을지도 몰라. 그때 가서 또 얘기했으면 좋겠다. 항상 밝고 건강하기를…!

25살의 현주와 더 성장해 갈 모든 이들에게:

25살인 저는 올해 참 많은 것을 겪었습니다. 오랫동안 준비했던 행정고시를 떠나 아픔을 해결하기 위해 좌충우돌로 방황하고 정신이 없었지요. 사실 지금도 확정되지 않은 미래와 스스로에 대한 의심, 나의 꿈에 대한 막연함으로 이리저리 방황하고 있는 상태입니다. 그럼에도 제가 35살의 현주의 편지를 쓴 것은 10% 바람과 90%의 이정표로 삼기 위함입니다. 방황하던 25살의 내가, 성장하고 있을 26살의 내가, 더 나아가 35살의 내가 앞으로 가야 할 길을 잃어버리지 않도록, 북두칠성의 북극성이 될 수 있도록 이 글을 써보았습니다.

"버킷리스트"라는 것을 들어보신 적 있으신가요? 많은 분이 알고 계시겠지만, 버킷리스트는 "죽기 전에 이루고 싶은 일들"을 적은 목록입니다. 거창하게 하고 싶은 것을 적기도 하지만 그냥 단순하게 이루고 싶은 것들을 적기도 하죠. 버킷리스트의 놀라운 점은 그렇게 쓰고 스스로 보고, 할 수 있다고 믿다 보면 그것을 이룰 확률이 높아진다는 것입니다. 저는 15살쯤에 버킷리스트 겸 5년 후의 계획을 세워본 적이 있습니다. 거기에 썼던 재밌는 글이 두 가지 있었는데, 하나는 "5년

140

후 나는 S라인이 되어 있다." 또 다른 하나는 "S대에 들어갔다"는 것이었습니다.

재밌게도 이 두 가지는 어떤 식으로든 이루어졌습니다. 비록 글래머러스한 언니가 되지는 못했지만, 척추측만증으로 인해 S자 몸매 살짝이나마 있게 되었고, 목표했던 서울대에는 들어가지 못했지만, S가 들어가는 희망하는 다른 대학교에 입학할 수 있습니다. 저는 버킷리스트와 말의 힘을 믿습니다. 사람이 스스로를 믿고 그 말이 실현된다고 믿으면 어떤 식으로든지 이루어질 수 있다고 생각합니다.

이 글을 읽고 계신 모든 25살의 현주와 같은 분들께 말하고 싶습니다. 스스로를 믿고 자신이 세워놓은 계획에 의심하지 않아도 된다고. 꿈이 있든, 꿈을 놓쳐버렸든, 꿈이 아예 없든, 세상을 살면서 자신이 한 선택과 계획에 대하여 스스로 믿음이 있다면, 그것은 결코 무가치한 것이 될 수 없다는 것을 말입니다. 그렇게 스스로 믿고 이정표를 쫓아 한 걸음씩 나아가다 보면 결국 성장해 있는 자신을 발견하고 있지 않을까요? 방황하고 아파하며 또 성장하는 모든 이들의 밝은 미래를 기도하겠습니다.

팔복(八福), 마태복음 5장 3절

김유빈

김유빈

천천히 나아가며 구도하는 모순덩어리,
행복하고 싶은 96둥이.

이메일: happy960625@hanmail.net

이카로스 콤플렉스

돌이켜 보면, 나는 보다 어린 시절을 방황했던 것 같다. 그것이 꼭 나쁜 짓을 했다거나 사고를 쳤다는 뜻은 아니다. 욕하며 저주한 적은 있어도, 빵은 한 조각도 훔치지 않았다. 아니. 한 톨 정도는 훔쳤을지도 모른다. 어찌 되었든, 나는 그저 어디든지 빛나는 네온사인에서 나를 내려다보는 예수님이 미웠을 따름이었다. 아마도 내가 욕망과 갈증에 허덕일 정도로 미쳐 있는 아이였기 때문일 것이다. *슬퍼하는 자는 복이 있나니.*

다른 사람들은 나를 청운의 꿈을 품은 똑똑한 아이로 보았다. 그랬던 것 같다. 나쁜 아이들에게 두들겨 맞을 때도 분명히 그랬던 것 같다. 하지만 나를 아프게 한 것은 다른 것이 아니라 사소한 이야기들이었다. 모두가 학교에서 배가 침몰하는 것을 TV로 보았을 때, '스카이'밖에는 이야기한 바가 없었다. 나는 너무 순진한 나머지 권위 있는 판사가 되어서 열심히 일한다면 무언가 바꾸고 바로 잡으리라고 생각했다. 나 또한 그 목표를 위해 스카이에 맞닿아야 했다는 점이 재미있었다. 야망이 번뜩이는 위험한 지상명령인 셈이었다.

　내가 스카이에서 추락할 무렵, 우리 집도 무너졌다. 나는 나에게 이런 일이 생길 것이라고 전에는 생각조차 하지 못했다. 왜냐하면 우리 집이 잘살지는 않아도 못살지는 않았으니까. 물론 나는 타협해야 해서 재수는 엄두도 내지 못했다. 그저 장학금이든 아르바이트이든 되는대로 돈을 벌어야 했다. 스카이에서 추락한 상황은 영화 007 스카이폴이 인생에 영향 없는 만큼 중요하지 않았다. 20대가 이 세상의 다른 젊은 친구들만큼 험악해졌을 따름이다. 그러함에도 역시 바라보는 시각에 따라서는 재미있는 일이기도 했다. 왜냐하면 보는 방식에 따라서는 이상할 정도로 모순적이었으니까.

　대학에 다닐 때 나는 「무지개 너머」나 「내일」 같은 희망찬 음악을 흥얼거리며 통학했다. 그러나 일단 캠퍼스에 들어가면 내 마음은 다른 놈들을 이겨 먹겠다고 악착같았다. "내적 자연을 통제하는 자만이 외적 자연도 지배한다"는 자-알-나-아-신 카-안-트 나-으-리의 명제를 되뇌면서 말이다. 그래서 나는 자신을 '분재'로 여겨서 똑똑해지기로 결심했다. 어딘지 낭만적이고 감미로운 가지가 있었던 것 같기도 하지만, 살아남는다는 목적하에서는 가지치기 당해야 했다. 내 일부를 잃었음은 두말할 필요도 없다. 빈궁이라는 강도를 피하려고 제대로 자본 적이 없다. 장기적으로는 로스쿨에 가고 싶었기에 상황에 굴복하거나 옛꿈을 포기하지 않고 싶기도 했다.

나는 매주 부모님과 교회에 갔다. 우리 목사님은 언제나 우리가 다른 이들을 도와야 한다고 설교하셨다. 그리고 매번 나는 내가 다른 생각을 하고 있다는 것을 알게 되었다. '저것 좀 볼까? 뭘 입고 계시지? 수트랑 넥타이? 꽤 좋아 보이네. 아마도 남아시아産 캐시미어겠지? 공정무역은 거쳤을까? 환경파괴는? 염소들이 식물들을 작살낸다던데? 그런데도 남들을 돕는다고…?' 어느 날 이러한 생각들을 부모님께 말씀드린 적이 있었지만, 그분들은 그저 불경스럽다고만 하셨다. 그따위로 말할 거라면 공부는 당장 때려치우라는 것이었다. *슬퍼하는 자는 복이 있나니.*

역사를 전공하면서 이렇게 모순적인 부분에서 꽤 힘들었다. 4년 장학금을 받으면서도 공부는 (꿈에 있어서) 정신적인 돌파구가 되지 못했기 때문이다. 역사적 사실들을 탐구하는 것은 누군가가 자기 뼈를 꺾는 것을 지켜보는 것과 같았다. 나는 이 세상을 알고 싶다고 이야기했지, 우리 조상들이 이토록 끔찍하다는 것을 알고 싶은 것이 아니었다. 오직 죽이고 덮치고 약탈하는 것밖에는 없었다. 약자에 대한 강자의 횡포. 없는 자에 대한 가진 자의 횡포. 순진한 자에 대한 비열한 자의 횡포. 그리고 따져 물으면, 우리도 서로에게 그렇다는 점을 견디기 힘들었다.

146

추모 집회에 참여해서 불의하다는 정부를 탄핵했어도, 고통이 가시지는 않았다. 쏟아지는 일거리 속에서도 곳곳에서 터지는 처참한 소식은 끊이지 않았다. TV로 목격한 그 큰 사건 이후로도. 비교적 인생을 덜 살은 나의 짧은 생각으로는 상황이 그저 때마다 벌어질 뿐이었다. 이렇게 작은 내가 도대체 뭘 할 수 있는 거지? 정말로 숭고함이 나의 나머지도 보장해 줄까? 나는 그저 사도 토머스처럼 예수님의 옆구리만 찌르며 의심밖에는 할 수가 없는데?

　　가지지 않으면 힘겹고, 가지면 속까지 썩어들어가는 것이다. 그래도 의지할 만한 사실은 가져 본 적이 없어서 정말로 가지면 가지는 대로 썩어들어가는지는 알 수 없지만, 없으면 없는 대로 힘든 것이 경험상 확실하다는 데에 있었다. 나 자신의 못난 질시를 돌이키더라도 종교가의 묵시나 철학자들의 테제처럼 역사의 종말이 이미 오지 않은 것이 이상할 정도였다. 옆 사람을 물어뜯기가 싫지만, 물어 뜯을 수밖에 없다. 이미 입시라는 작은 실험으로 알고 있지 않은가. 어쩌면 오히려 팝 가수 시나트라가 더 나은 철학자일지도 모른다. "왜냐하면 이 멋진 세상은 돌고 도니까."

　　정리하자면 당시에 나는 이카로스처럼 '이성과 감성'이라는 역설 사이를 날고 있었다고 말하는 것이 정확할 것 같다. 감미로움을 틈타서 숭고한 하늘에 닿으려고 해도, 내 날개의 밀랍이 열에 녹아 이성의 바다로 추락할 뿐이었다. 나는 내가 돈과 능력이 없어서 그런지, 숭고

147

함이 부족해서 그런지 분간할 수가 없었다. 어쩌면 신화에서 나오는 것처럼 주제도 모르고 까불다가 천벌 받는다는 '휴브리스(hubris)' 때문일지도 모른다. 그래서 결국은 '무지개 너머는 어디에도 없고', 살아 있다면 마주할 '내일'만이 있음을 알게 되었다. 삶은 거창한 것이 아니고 사소하거나 공허한 것이었다. 어떤 거창한 책과 강의를 접해도. 나에게 역사는 인과관계라기보다 무의식 상태였다.

이론과 실제

시간은 흘러 군대에 갈 때가 되었다. 한국에서는 백 년 중 가장 추운 1월이었다고 한다. 두려움 때문인지 추위 때문인지 모르게 말 그대로 뼛속 깊이 떨렸지만, 나는 우울증과 무기력함에서 벗어나 좋은 군인이 되고 싶었다. 그러한 정신 무장이 불확실한 상황에 충분하리라고 생각하면서 말이다. 그러나 의지가 나머지 군 생활까지 보장하지는 않았다. 진주 훈련소에서 남은 인상이라고는 폐병 환자 집합소밖에 없었다. 꼭 폐병에 걸리라고 군대에 끌려온 줄 알았다. 나를 포함하여 순진해 빠진 전우들은 어찌할 바를 몰랐다. 우리는 그저 바보 놈들처럼 오와 열이나 맞추면서, 기침이나 참으며 병정놀이하고 있었을 뿐이다.

훈련소 시절에 면회 오신 부모님께서 하신 말씀이 기억난다. "유빈아, 우리는 네가 들어가서 사고라도 칠까 봐 걱정했어. 아빠 직장은 이제 안정되었으니까 걱정하지 말고 군 생활 잘해야 한다." 이 말을 맥도날드에서 들으며 입에 햄버거를 욱여넣듯이 실천에 옮기기로 결심했다. 부모님을 위해서라도 말이다. 그때까지는 우리 부모님을 포함하여 내가 다른 사람에게 친절하면 다른 사람도 나에게 친절한 세상에 살고 있다는 것을 깨닫지 못했다. 나는 옛꿈이라는 것에 눈이 멀 정도로 사로잡혀서 황금률이라는 것도 잊을 정도였다.

오직 철조망밖에는 없었지만, 뭔가가 좀처럼 달랐다. 책의 먹물로나 배운 이상한 간극이 내 눈앞에서 펼쳐지고 있었기 때문이다. 언급했듯이 인생은 사소하거나 공허한 것에 지나지 않았지만, 부조리의 연속임을 이미 이론으로 알고 있었다. 그러함에도 나는 군대에서 아기가 기어다니듯이 그것을 매번 현실로서 느껴야 했다.

내가 원주의 비행장에 배속되어 발칸포 때문에 정신이 없을 때, 내 맞선임을 처음 만나게 되었다. 기껏해야 나보다 몇 달 일찍 온 일병이었다. 하지만 나는 그치(놈)와 일 년 넘게 군 생활을 해야 했다. 처음 만날 때부터 그 사람이 문명 세계와 격리된 오지 속의 근엄한 추장처럼 되고 싶어함을 알 수 있었다. 『지옥의 묵시록』에서 나오는 커츠 대령만큼은 아니지만 말이다. 시간이 지나면서 그 인상은 더욱 확고해졌다. 언덕배기의 자그마한 병영에서 그 사람이 아침부터 저녁까지 하는 모든 것이 역겨웠다. 정말로 끈덕지고 근면한 야만이었다.

행동거지 하나하나가 나의 연약한 도덕감을 시험했다. 그가 나를 직접 괴롭히지는 않았지만 만만해 보이기만 하면 그저 괴롭힘의 대상이 될 뿐이었다. 나는 괴롭힘당하는 불쌍한 친구들에게 비엑스(Base eXchange)에서 음식이나 사 주는 것 외에 해 줄 수 있는 것이 없었다. 내가 바깥에서 얼마나 많이 비합리성을 규명하는 공부를 했는지는 아무런 상관이 없었다. 내가 하나님 앞에서 어떻게 기도하는지도 그랬을까. '하나님 저 아이의 울음을 보세요. 저의 무력함을 보세요. 무엇을 하고 계세요.' 내 눈에는 그저 그가 휘두르고 싶어 하는 원초적인 권력이 다였다. *슬퍼하는 자는 복이 있나니.*

언젠가 우리가 야전에서 훈련받았을 때, 함께 날을 새웠을 때가 생각난다. 그는 나에게 전역하고 나서 사회에서 어떻게 해야 성공할 수 있을지 물어보았다. 처음에 나는 속으로 코웃음을 쳤다. 서울에 대학 간 놈한테 물어보면 뭐라도 알리라고 생각한 것이 아니었을까. '왜, 밖에서도 휘두르시게?' 나는 헌병대가 탐조등으로 수놓은 밤하늘을 멍하니 쳐다보았다. 답을 하기가 어려웠다. 언제 올지 모르는 항공기를 기다리는 것처럼. 어렴풋이 아무리 열심히 해도 되지 않는 것이 있음을 느끼고 있었고, 성공의 비결을 안다고 해도 그에게 말해줄 생각은 추호도 없었다.

계속해서 조용히 있으니까 그 사람은 차가운 입김과 함께 내 눈을 바라보며 말을 이었다. '형, 나 너무 불안해, 뭐 먹고 살지 모르겠어.' 절박한 눈망울과 별개로 다시금 그의 속마음을 듣고 고소해했다. 그러나 동시에 묘한 감정을 느꼈다. 내 인생에서 이토록 미워한 사람에게서 나를 볼 수 있었다. 그렇다. 우리는 근본적으로 성공에 굶주린 사악한 짐승들이었다. 부정하고 싶었지만, 그 사실이 내 영혼을 너덜너덜하게 만들었다. 사회에 있을 때나 혹은 군대에서조차 나는 그저 무정한 증오로 비명 지르는 동물에 지나지 않은 것이다. 그가 전역한 뒤, 나는 내 군 생활을 조용히 보내려고 했다. 그러나 중요한 점은 아무리 내가 삶이라는 집합에서 한 원소를 이해해도 나머지는 나를 기다려 주지 않는다는 데에 있었다. *슬퍼하는 자는 복이 있나니.*

이판사판

내가 복학한 해에 팬데믹이 터졌다. 좋은 소식으로서, 아버지의 새 직장이 가스 회사였기에 경제가 힘들어도 집 살림살이가 예전만큼 힘들지는 않았다. 나쁜 소식으로서는, 가세의 회복이 역설적으로 로스쿨 입학을 가로막았음을 그제야 깨달았다. 말 그대로 부모의 지원책도 없고 장학금도 없는 '중위소득에 끼어 있었다.' 나는 처음부터 이룰 수 없는 꿈을 꾼 어리석은 젊은이였던가. 역사책에서 본 것처럼 이소스 전투에서 다잡은 다리우스가 멀어져가자 창을 겨누던 알렉산드로스처럼 분노에 차서 고함을 쳤다. 하지만 역사적 사실은 알렉산드로스는 다리우스를 결국 포로로 붙잡았지만, 나는 마지막에 와서 꿈을 놓쳤음을 가리키고 있었다. 내 4년 간의 노력은 헛되었다. 최우수 성적이 명기된 졸업장도 의미가 없었다. 그저 종이 쪼가리에 불과했다. 아니지. 알렉산드로스는 인도까지 레버리지를 끌어다 썼으니까, 내가 겁쟁이여서 도전을 못 한 것일지도. 감히 대왕과 소시민을 비교하는 것이 말이나 되는가? 어찌 되었든 '이제는 더 이상 애새끼가 아니니까 뭐라도 하자'라고 되뇌었기에 예전처럼 징징거리지는 않았던 것 같다. *슬퍼하는 자는 복이 있나니.*

　　대안은 있었다. 고등고시를 치르는 것이었다. 헌법도 공직이 모든 시민에게 열려있다고 하지 않았는가? 나는 여전히 위선자였지만 공공선을 위해 여전히 무언가를 하고 싶었다. 그리고 소시민도 시민이 맞기는 하니까. 그래서 입시학원에 등록하기 위해 내가 낸 돈에 더해서 부족분 좀 채워달라고 부모님을 설득했다. 부모님은 나를 이해하지 못했다. 내가 서울 소재 대학을 졸업하기만 하면 직업을 쉽게 찾으리라고 생각하셨기 때문이었고, 내가 자-알-나-아-신 '사회정의'라는 꿈을 숨겨만 놓고 드러낸 적이 없어서이기 때문이었다. 결국 선량하신 부모님은 '이번이 마지막이니까, 네가 여태처럼 공부할 거니까 믿고서 해 주는 거야'라며 승낙하셨다.

　　팬데믹 속 고시촌 분위기는 황량했다. 많은 젊은이가 가혹한 시절 속에서 꿈을 좇고 있었다. 나는 매일 하루에 8-10시간 공부하며 최선을 다했다. 필요하다면 평균보다 더 많이 한 적도 있었다. 거기 있는 대다수가 나처럼 공부했다는 점이 놀라운 일은 아니었다. 그곳은 적자생존의 場 그 자체였다. 끝까지 버티는 놈이 모든 것을 다 가지는 것이다. 결과 없는 변명은 의미가 없지만, 내가 치르는 싸움이 쉽지는 않았다. 이전과 같은 현상이 다시 반복되었다. 보급선이 말라버린 것이다. 나는 실력이 오를만하면 멈춰야 했다. 미시경제학 교과서에서 기억에 남는 구절처럼, 나는 그저 그래프에 깔딱깔딱 걸쳐서 분투하는 경제적 주체에 불과했다: 차입 제약(유동성 제약), 현실에서 상당수는 저축만 할 뿐 차입은 할 수 없는 구간이 있다. 이 때문에 부존점 외에서는 소비할 수가 없다. 너만 그런 거는 아니잖아, 유빈아.

더하여, 매일 반복되는 양계장 닭 같던 일상에서 할머니와 누군가를 잃었다. 우리 할머니는 다행스럽게도 코로나와 관계없이 90세를 향년으로 평화롭게 돌아가셨다. 주변 사람들은 好喪이라고 했다. 하지만 다른 이에게는 사고가 갑자기 닥치기도 했다. 죽음의 의미를 이해하기가 힘들었다. '내가 하는 공부가 죽음 앞에서 무슨 의미가 있지?' 상실에 대한 슬픔과 내가 잘하고 있다는 것을 보여주고 싶었다는 한탄도 뒤섞였다. 공부가 힘들었다고 하지만, 내가 대화하던 사람의 눈을 볼 수 없다는 점이 더욱 힘들었다. 그들은 그저 가 버렸다. 코로나를 몸소 겪는 아픔과 달랐다. *슬퍼하는 자는 복이 있나니.*

시험에 대해 말해야 한다면, 처참한 실패로 끝났다. 나는 3번 연달아 합격에 실패했다. 보드게임 「캔트 스탑」과 비슷했다. 한 번에

정상을 정복하지 못한다면, 나는 처음부터 다시 시작해야 했다. 인생으로 보드게임을 하는 것 같아서 나름의 재미를 느끼기도 했다. 아마도 보드게임이 인생을 함축해서가 아닐까. 3년의 수험 기간에서 마지막 해에, 그러니까 이 글을 쓰는 해에 나는 직감했다. 빠져나와서 정말로 사회에 뛰어들어야겠다고. 정말로 이판사판이었다. 나는 남아있는 젊음을 빼고 모든 것을 잃었다.

인정하고 나아가기

…
탑은 무너졌다.
붉은 마음의 탑이-

손톱으로 새긴 대리석 탑이-…

…
꿈은 깨어졌다.
탑은 무너졌다.

『꿈은 깨어지고』 - 윤동주

그렇다. 꿈은 깨어졌다. 지금까지 '최선을 다해서' 수많은 실패를 겪었다. 피와 땀을 흘리며 한땀 한땀 손톱으로 새기었음에도, 대리석만큼 숭고했음에도. 매일 읽는 성경 구절처럼 진부하게 표현하면, '뼈가 떨리고, 年年마다 눈물로 내 침상을 띄우며 내 요를 적셨다.' 상투적으로는 그냥 코 박고 죽고 싶었다. '그릇되지 않은 숭고함은 나의 생각에 불과한가?' '끝까지 위선자 자식.' 슬퍼하는 *자는 복이 있나니.*

하지만 나는 곧이어 깨달았다. 내가 공부의 숲에 숨어서 훌쩍이던 아이였다는 것을. 나는 그저 얄팍한 실력으로 삶을 살려고 했을지도 모름을. 역설적으로 그토록 혐오스럽게 역사학을 공부하며 자신의 상황을 역사 인물에 빗대어 가늠하게 되었다. 예를 들어 시인 윤동주처럼 내가 후쿠오카에서 비참히 죽었는지를 차분히 생각해 보자. 아니잖아. 눈이나 귀가 멀거나, 말하지 못하는 사람이 되었나? 역시 아니다. 사지가 잘려 나갔나? 아니다. 이미 다 살았거나 불치병에 걸렸나? 모두 '아니다'가 정답이다. 나는 어떤 害도 없이 내 침상에서 늙어 죽고 싶다. 허락이 된다면 말이다.

엄밀히 따지면 나는 그저 세상이 성공으로 부르는 것을 성취하지 못했을 뿐이고, 돈이 없어서 조금 불편할 뿐이다. 과장할 필요가 전혀 없는 것이다. 어떤 나쁜 것도 나에게 아직 일어난 바가 없다. 생각을 잘해야 한다. 그저 미적분 계산처럼 0에 수렴했을 뿐이다. 그래서 이제는 숭고하다는 꿈 타령 없이 홀가분하게 돈을 벌 수 있을 것 같다.

애초에 내 몫이 아니었다고 생각하니까 납득이 간다.

나는 여전히 구직하며 포기하지 않고 있다. 왜냐하면 빗속에서 기다리다가 한 줄기 빛을 붙잡을 수 있었기 때문이다. 나름대로 이치를 배울 수 있었다. 내가 실패를 겪을 때마다 주변에서 들은 '너 같이 노력한 사람이 안 되다니 안타깝다'라는 위로에서 말이다. 시기와 우연이 사람에게 겹치기에 아무도 때가 언제인지는 모른다는 것이다. 잘될 것 같았는데 되지가 않았다. 요행을 바라는 것은 위험하지만 역으로 나의 때가 맞는다면 먹고 사는 것 이상은 할 수 있지 않을까 생각해 본다.

결국 나는 거창할 것이 없이 오늘이라는 한계를 받아들이는 사람이 되기로 마음먹었다. 언제나처럼 열심히 하는 것은 당연한 일이다. 과거를 들추어 보든 오늘 주변 사람을 보든 모두가 태어나서 살기 위해 최선을 다해 사는 것 같다. 다만 이제는 진행되는 노력 속에서도 나라는 사람을 이전보다 객관적으로 볼 수 있게 되어 기쁘다. 기쁨이라는 감정이 주관적이라서 오히려 기쁘다. 예전의 나는 막다른 골목을 향해서, 골목을 넘어서 달리는 무섭게 하고 무서워하는 아이였다. 그러나 이제는 한밤중에 비명을 지르며 깨지는 않는다. 점차 정체불명의 공포에서 벗어나고 있음을 느낀다. 나 자신이 점차로 용납되고 있다. 과거와 달리 한계를 받아들여서 좋은 점은 내가 다른 이들에게 여전히 괴짜 같은 이기주의자이지만 조금은 마음의 여유를 누릴 수 있다는 데에 있다. 적어도 자신의 힘든 점들을 인정하면, 다른 사람의 힘든 점들도 인정할 공간이 생긴다고 느끼는 중이다.

　'괴롭지만 행복했던 사나이'의 신발 끈조차 풀 수가 없는 바보이지만, 주어진 좋은 햇살을 느끼고 주어진 좋은 사람들과 대화하면서 주어진 하루를 만끽하려고 노력한다. 인생이 여전히 사소한 것들로 차 있지만 예전과 달리 조금씩 집중하면 그것들이 삶의 공허함을 채울 수 있다고 이제는 생각한다. 거창한 탑이 무너져도 내게 주어진 삶은 확실히 남아있었다. 이 점은 수필을 쓰고 있는 지금도 역사적으로 의심할 여지 없이 사실이다. *슬퍼하는 자는 복이 있나니.*

참기름에서 찾은 성공의 본질

김예진

김예진

세상을 맛있게 살고 싶어요.

인스타그램 @yes_genie

어릴 적, 우리 집 부엌은 늘 고소하고 따뜻한 참기름 향으로 가득했다. 그 작은 병에 담긴 갈색 액체는 단순히 요리에 들어가는 기름이 아니라, 우리 가족의 역사와 삶이 응축된 조각이었다. 할머니는 참깨를 볶을 때마다 불의 세기를 조심스럽게 조절하며 정성을 다했다. 참깨가 적당한 갈색빛으로 완벽히 변할 때까지, 할머니는 그 어느 때보다도 진지하고 섬세했다. 그런 다음, 손수 참깨를 압착기에 넣어 천천히 기름을 짜냈다. 그 과정에서 참기름 특유의 진한 향이 온 집 안에 퍼지면, 우리의 마음까지 따뜻해 지는 듯한 느낌을 받았다.

참기름은 결코 빠르게 만들어질 수 없는 것이었다. 참깨를 고르고, 볶고, 압착하여 짜 내기까지, 모든 단계에는 시간이 필요했다. 쉽게 사서 쓸 수 있는 기름과 달리, 우리 집의 참기름은 기다림과 노력이 만들어 낸 산물이었다. 할머니는 참기름을 만들면서 자신만의 속도와 정성을 지키는 법을 아셨다. 어머니는 마트에서 참기름을 사는 것이 훨씬 더 빠르고 효율적이지 않냐며 농담처럼 말씀하시곤 했지만, 할머니는 미소를 지으며 "나는 이게 재밌어"라고 대답하셨다. 어릴 적에는 그 대답이 낯설게 느껴졌지만, 시간이 지날수록 그 말속의 의미를 점점 더 깊이 이해하게 되었다.

참깨 한 알 한 알이 기름이 되기까지의 과정을 지켜보며 어린 나도 알지 못한 사이에 깨달음을 얻어가고 있었다. 그것은 정성과 인내가 만들어 내는 결과물이라는 사실이었다. 할머니는 참기름을 만들면서 말씀하셨다. "기름 하나 만드는 데도 참 힘들제? 근데 예진이가 앞으로 하는 일들도 다 그럴 거야." 이 말은 그저 기름에 대한 이야기가 아니라, 삶과 성공에 대한 깊은 가르침이기도 했다.

할머니의 참기름을 보며 '성공'에 대해 고민하던 나의 기억은 학창 시절까지 이어졌다. 당시 나는 성공을 하나의 순간, 중요한 시험에 합격하거나 원하는 목표를 이뤄내는 것이라고 여겼다. 그러나 시간이 흐르고, 대학에서 수많은 경험을 겪으면서 나는 그 믿음이 서서히 변해갔다. 성공은 단순히 한 번의 성취가 아니라, 마치 참기름이 만들어질 때처럼 수많은 과정의 연속이라는 것을 깨달았다. 그리고 이러한 깨달음은 일본 교환학생 생활에서도 더욱 확고해졌다. 당시 나는 경영학을 복수전공 하면서 자연스럽게 미국에 교환학생으로 가고자 계획하고 있었다. 영어를 통해 더 넓은 세상과 비즈니스를 경험하고 싶었기 때문이다. 그러나 코로나19 팬데믹이라는 예상치 못한 상황이 찾아오면서 계획은 끊임없이 지연되었고, 목표했던 시기는 끝내 오지 않았다. 졸업을 앞둔 상태에서 더는 교환학생을 무기한 연기할 수 없었고, 휴학의 시간만 흘러가는 동안 나이는 차곡차곡 쌓여갔다. 대학 생활의 끝자락에서 마주한 생계 고민 끝에 빠른 취업을 알아보는 평범한 4학년이 되었다.

마음 한구석에서 '졸업 전에 정말 하고 싶은 건 다 해보자!'라는 생각이 강하게 떠올랐다. 그 순간, 영어로 일본어를 배울 수 있다는 일본 교환학생 프로그램이 눈에 들어왔다. 새로운 도전이었고, 동시에 큰 모험이었지만 나에게 남은 선택지는 그것 뿐이었다. 그렇게 나는 일본어로 간단한 인사말조차 서툰 상태에서, 막연한 기대와 불안을 안고 일본으로 떠나게 되었다. 일본에서의 첫날부터 나는 현실의 벽에 부딪혔다. 편의점에서 간단한 물건을 사는 일조차도 어렵고 불안했으며, 기숙사에서 전기세를 내는 것처럼 작은 일상조차도 낯설고 복잡하게 느껴졌다. 모르는 사람들과의 소통과 익숙하지 않은 환경 속에서 하루하루가 도전이었고, 매일 밤 침대에 누워 기숙사 방 공기를 한숨으로 채우기도 했다.

매일 작은 목표를 세우고 한 발짝씩 나아갔다. 동기들과 수업을 함께 듣고, 일본어로 된 과제를 하나씩 해결해 나가면서, 나는 점차 변화해 갔다. 서툴던 언어도 시간이 지나며 조금씩 익숙해졌다. 반년이 지나자 나는 일본인 친구들과 일상 대화를 나눌 수 있게 되었고, 그들과 함께 다양한 활동을 할 수 있을 정도로 생활 일본어를 구사할 수 있게 되었다. 그 순간의 나는 내가 성공했다고 느꼈다. 작은 목표들을 하나씩 이루어 내며, 나는 성장하고 있었다.

하지만 시간이 지나 한국으로 돌아오고, 현실에 마주한 나날들이 다시 시작되었다. 전공 수업과 논문 준비, 자격증 시험 등으로 인해 일본어 공부는 우선순위에서 밀리게 되었고, 자연스럽게 이전처럼 능숙하게 일본어를 사용할 수 없게 되었다. 그제야 나는 깨달았다. 참기름을 만들기 위해 꾸준히 참깨를 볶아야 하듯이, 언어 능력도 끊임없는 연습과 노력 속에서 유지되고 발전해야 한다는 것을 말이다.

생각해 보면 순간의 성공은 그저 시작일 뿐, 진정한 성공은 그 이후에도 지속되는 과정과 노력을 포함한다는 것을 느낀다. 운전 면허를 땄던 날의 기쁨도 그저 시작일 뿐이었다. 이후 매일의 연습과 경험들이 나의 운전 실력을 쌓아주었고, 그 꾸준함이 없다면 언제든 실력이 서툴러질 수 있다는 것도 알고 있다. 운동 역시 마찬가지다. 열심히 운동을 해서 멋진 몸을 만드는 것도 중요한 성공이지만, 그 순간의 성취를 유지하기 위해서는 매일의 노력과 훈련이 필요하다. 이처럼 하루하루를 쌓아가는 과정이야 말로 성공의 진정한 본질이라고 할 수 있다.

나의 경험은 성공이라는 것이 단순히 한순간의 성취로 정의될 수 없음을 보여준다. 매일의 작은 도전과 성취가 모여 더 큰 성장을 이루어 가는 과정 자체가 중요하다. 다시 돌아보면 일본에서의 날들은 그 자체로 의미 있는 성공이었다. 작은 목표들을 하나씩 이루어 가면서, 나는 실패와 좌절을 경험하고, 그 속에서 배우며 성장했다.

할머니의 참기름이 오랜 시간을 거쳐야 비로소 완성되듯, 나의 성공 역시 그때의 한순간이 아니라 과정의 집합체였다. 참기름은 마치 우리의 삶처럼 작은 순간들이 모여 큰 그림을 완성해 가는 메타포다. 우리는 매일의 작은 성취를 통해 삶을 이루어 가며, 그것이 결국 성공을 의미한다. 한 번의 성취에 그치지 않고, 매일을 살아가는 과정 속에서 우리는 끊임없이 변화하고 성장한다. 마치 한 번 맛보고 끝나는 즉석요리가 아니라, 끓이고 재우고 기다려야 제대로 된 맛을 내는 오래된 육수와도 같다.

결국, 성공은 점이 아니라 선이고, 나아가 면이다. 참기름의 깊은 풍미가 오랜 시간과 노력 속에서 완성되듯, 우리의 삶도 다양한 경험과 노력을 통해 더욱 풍부해 진다. 음식과 인생은 그렇게 연결되어 있다. 그리고 나는 그 속에서 매일의 작은 순간들을 소중히 여기며, 참기름처럼 진한 삶의 향을 만들어 나가고 싶다.

그리고 지금 나는 여전히 '참깨'를 볶는 중이다. 한국무역협회 무역마스터 과정에 참여해 식품 수출 전문가를 목표로 무역 실무를 배우고 있다. 하루하루 새로운 지식을 쌓으며 낯선 개념에 헤매는 순간도 있지만, 그럴수록 할머니의 참기름 짜던 모습이 떠오른다. 서두르지 않고 끝까지 정성을 다했던 그 모습처럼, 나도 내 속에 숨은 가능성을 차근차근 짜내고 있는 중이다.

많은 사람들이 말하는 비싼 차나 화려한 타이틀은 아직 멀게 느껴진다. 하지만 나는 지금의 시간을 '성공의 연장선'이라 믿는다. 빠르게 만들어지는 기름은 깊은 맛을 내기 어렵듯이, 진짜 성공은 시간이 쌓여야 비로소 완성되는 법이니까. 아직 완성된 것은 없지만, 매일 조금씩 나아가고 있다는 사실이 나에게는 충분히 의미 있는 성취다. 언젠가 내가 만든 '참기름'이 나만의 진한 향을 내고, 그것이 어떠한 요리에 들어가 풍미를 더하게 된다면 그게 바로 내가 꿈꾸는 성공일 것이다.

성장의 조각들

임소연

임소연

눈이 초롱초롱하다는 말을 자주 들어요.
힘들더라도 그러려니!
그럼에도 불구하고 아름다움을 찾아내는 힘!
을 믿습니다.
2000년생.

이메일: lsy883835@naver.com

성공과 성장은 언제나 화려하고 빛나는 순간들만으로 이루어지지 않았습니다. 저에게 성장은 외적인 성취나 남들의 찬사보다, 내면에서 일어난 변화를 이야기합니다. 화려한 목표나 멋진 성과보다는, 일상 속에서 발견한 소중한 순간들이 쌓여 지금의 저를 만들었다고 믿습니다.

저는 늘 삶의 가치를 어디서 찾아야 할지 고민했습니다. 때로는 커다란 목표를 향해 달려가는 것도 중요하지만, 그 과정에서 놓치기 쉬운 작은 감정들, 소소한 경험들이 사실 제 삶을 더욱 가치 있게 만든다는 사실을 깨닫게 되었습니다. 어느 날에는 새벽의 고요함 속에서 나를 마주하고, 또 다른 날에는 가까운 사람과 나눈 따뜻한 말 한마디가 제게 예기치 못한 깨달음을 주곤 했습니다.

성장이라는 것은 끝이 없는 여정 같기도 합니다. 나의 길이 남들보다 더디게 느껴질 때도 있었고, 주변의 비교에 마음이 흔들리기도 했습니다. 하지만 시간이 지나면서 알게 된 건, 성장의 속도는 중요하지 않다는 것이었습니다. 중요한 건 내가 어떤 가치를 가지고 세상을 바라보는지, 그리고 그 가치를 나의 삶 속에서 어떻게 지켜가는지였습니다.

이 글을 통해 화려함만을 쫓기보다는 인간다운 삶, 나 자신을 사랑하고 타인을 이해하는 삶의 가치를 나누고 싶습니다. 누군가가 이 글을 읽고 자신의 성장 과정을 되돌아보며, 자신이 지닌 소중한 감정과 경험을 다시 한번 느낄 수 있기를 바랍니다.

청춘의 시기, 우리가 느끼고 경험하는 것들이 언제나 완벽하지는 않더라도, 그 안에서 얻는 깨달음들이야말로 진정한 성공으로 향하는 길이라고 믿습니다.

Episode 1: 선물 같은 하루

오전 10시. 수업에 집중하기는커녕 몰래 핸드폰을 꺼냈다. 뮤지컬 당일에 남은 좌석을 싸게 살 수 있는 'Day Seats'를 얻기 위해서였다. 샤샤 선생님의 눈치를 살짝 보며 손가락을 바쁘게 움직였고 마침 내 겨울왕국 뮤지컬 티켓을 단돈 29.5파운드에 손에 넣을 수 있었다. 돈 없는 유학생은 평균 80파운드를 웃도는 런던의 티켓값에 승리의 미소를 띠었다. 나는 무척 신이 나 있었다. 홀로 런던에 가서 뮤지컬을 보다니, 거 참 낭만적이네.

그 당시 나는 런던에서 기차로 한 시간 거리에 있는 브라이튼에 살고 있었다. 런던에 가는 날은 언제나 특별했지만, 늘 친구들과 함께하는 관광이 전부였다. 그 뮤지컬 티켓은 단순히 입장권에 그치지 않았다. 홀로 런던으로 떠날 기회를 안겨준 것이다. '혼자는 위험하고 심심할 거야'라는 익숙한 두려움은 약간의 강요와 함께 잠시 사라졌다. 이제 혼자서도 충분히 특별한 날을 만들어 낼 수 있겠다는 설렘이 피어오르면서.

겨울 속 온화한 날씨는 게으른 유학생을 오후 수업에 보내지 않았고, 점심 식사 후 잠깐의 여유를 즐기고자 시내의 한 카페로 향했다. 카페에서 만난 건 평소처럼 게으름을 피우던 몇몇 친구들이었다. 그때 사우디아라비아인 친구 나이브도 도착했다. 나이브와 함께 카운터로 가서 페퍼민트 티를 주문했는데, 나이브가 자기가 사주고 싶다며 결제를 대신 해줬다. 그 순간 문득 '어떻게 하루가 이럴 수 있지? 선물 같은 하루구나'라는 생각이 들었다. 카페의 짧은 여유를 뒤로 하고, 나이브에게 미래의 음료 한 잔을 기약한 뒤 나는 홀로 런던으로 떠났다.

기차는 예기치 못한 파업으로 1시간이나 지연되었다. 애타는 마음으로 기차역에 도착한 뒤, 극장까지 내달렸다. 가쁜 숨을 몰아쉬며 눈앞에 펼쳐진 뮤지컬 극장들의 반짝이는 불빛이 눈에 들어왔다. 그 긴박한 시간 속에서도 런던의 불빛을 동경하는 마음이 피어올랐다. 다행히 공연 시작 10분 후에 자리에 앉을 수 있었다.

생각보다 더 높았던 공연의 퀄리티에 황홀해할 즈음 1부가 막을 내렸다. 쉬는 시간에는, 늦게 들어와 옆자리 분들께 방해가 되었을까 사과를 드렸는데 놀랍게도 여행 중이신 한국인들이셨다. 자녀분이 10년 전 독일에서 교환학생으로 있을 때 영국에 놀러 와 뮤지컬 보기를 좋아하셨다고 했다. 그 기억이 너무 좋아서 10년이 지난 지금 부모님을 모셔 와 함께 뮤지컬을 관람하고 계셨던 거다.

그 이야기를 듣는 순간, 우리 엄마, 아빠, 그리고 언니 생각이 났다. '나도 꼭 우리 가족을 데려와 이 행복한 순간을 함께 누려야지'라고 마음속으로 다짐했다. 가족분들은 유학 생활을 중인 나를 깊이 응원해 주셨다. 중간에 어머님과 자녀분이 잠깐 나갔다 오셨는데 내게 아이스크림을 사다 주셨다. '어떻게 하루가 이럴 수 있을까? 오늘 하루가 정말 선물 같다.'는 생각이 머릿속에 계속 맴돌았다.

그분들의 작은 배려는 내 마음을 크게 울렸다. 특히 자녀분의 선한 미소는 오래도록 마음에 남았다. 미소엔 선함이 가득했는데, 그게 참

투명하고 예뻐 보였다. 그 순간 진정한 아름다움은 외적인 것이 아니라 내면의 선함을 가꾸는 데서 온다는 것을 깨달았다. 그분의 선함이 그분을 닮아가고 싶다는 생각이 들게 했다. 요새 나는 어떤 마음가짐으로 살고 있었는지 다시 한번 생각해 보게 되는 순간이었다.

사람마다 좋은 사람에 대한 저마다의 기준이 있다. 그날 나의 기준은 바로 자녀분의 선한 미소였다. 선함이 주는 아름다움을 잊지 않도록 계속 상기시켜야겠다. 그리고 그렇게 변모해 가는 과정 속에서 행복할 수 있는 사람이 되고 싶다. 그날의 작은 미소 하나가 내 삶의 등불이 되어 나의 마음속에 깊이 새겨졌다.

Episode 2: 위를 올려다보세요

"안녕 00아, 지금 나는 버스 안이야. 코엑스에서 공부가 잘되지 않아 생각보다 일찍 여주로 도망치는 중이야. 다른 사람들을 보며 열심히 살아야겠다는 다짐을 했지만, 그 다짐은 결국 귀찮음에 굴복돼 버리고 마는, 다소 바보 같은 일상을 보내고 있어. 근래 네 얼굴을 본지 꽤 오래된 것 같네. 그 시간 동안 많이 울었다고 들었어. 너의 마음이 크게 다치진 않았는지, 그리고 진심으로 괜찮은지 물어보고 싶었어.

있잖아, 나는 영국에서 집으로 돌아가는 길에 밤하늘을 올려다보길 좋아했어. 나에게 쏟아지는 별들은 낭만으로, 그리고 약간의 슬픔으로 나를 다독여 주었어. 그저 멍하니 수십 분째 보고 있으면, 예쁘다는 생각만으로 가득 차는 거야. 순간을 누릴 수 있음에 감사했고 그 끝은 결국 이 삶에 감사하게 되는 거야. 언제는 술에 취해 안 보이는 눈으로 즐기는 별의 흐리멍덩함을 좋아했어. 그 하늘은 언제나 내 주변에 있었고, 나는 그걸 바라봤고, 그럼 행복해졌어. 이 순간을 잠깐 상상해 보고 네가 조금 더 행복해졌으면 좋겠어. 밤하늘은 너를 위한 거고, 듣기 좋은 말들과 위로의 노래도 너를 위한 거고, 어딘가로부터 오는 그 모든 따뜻한 마음과 말들은 다 너를 위한 거였던 거야. 그러니 네가 이 행복을 마음껏 가져가길 바라. 너는 작아져도 되는 사람이 아니야. 마음을 다쳐도 되는 사람이 아니야. 그래서 상황이 너를 탓하고 악에 받쳐 마음을 다치게 해도, 너는 행복이 충만한 사람이어야 하는 거야. 그게 너니깐 말이야!

그리고 00아, 너의 모든 얘기를 들어줄 내가 여기 있어. 기쁘거나, 행복하거나, 슬프거나, 화가 날 때 나는 여기 언제나 있어. 털어놓지 못해 괴로울 때, 묵묵히 기다려 줄게. 언제든 찾아줘. 그리고 내게 소중한 기억이 있는데, 우리 스무 살 때 내 자취방에서 김치전을 먹으면서 서로 울면서 이야기했던 날 있잖아. 그때 나는 너로부터 슬퍼하는 마음을 나누면 훨씬 가벼워짐을 배웠어. 알려줘서 고마워.

너는 내게 잃고 싶지 않은 소중한 추억이고 현재이고 앞으로의 미래란다! 우리 천천히 하나씩 잘 이겨내 보자. 다 잘될 거야. 그리고 행복하자! 흘러넘치는 사랑 속에서 헤엄치며 살아가자! 때론 힘들 땐 서로 일으켜 주자! 넘어져도 되고, 울어도 되고, 아파해도 좋으니 다시 행복한 사람으로 남자. 너를 강한 마음으로 응원해. 고맙고 사랑해 친구야. 태어나줘서 고마워. 내 친구가 되어줘서 고마워. 너의 25번째 생일을 축하해."

친구가 힘들어할 때 썼던 작은 편지입니다. 친구들에게 편지를 쓸 땐 밤하늘을 올려다본 기억을 종종 담고는 합니다. 소소한 것들이 흘러넘쳐 단단한 행복으로 이루어지길 바랍니다. 그래서 힘든 순간이 오더라도 주변의 소박하고 작은 것들이 우리를 다시 힘낼 수 있게 해주기를 바랍니다. 저에게는 그게 밤하늘의 별이었습니다. 그 소박한 무언가는 때로는 귀여운 강아지가 되었고, 때로는 방에 있는 작은 랜턴이 되었고, 때로는 경건한 마음으로 옮겨갔습니다.

우리가 삶을 살아가며 힘든 순간들은 자주 찾아옵니다. 힘든 일에 무뎌지면서, 좋아하는 것들을 포기하면서, 우리의 순수했던 행복을 현실 앞에 놓아주면서 말이죠. 저는 그 과정에서 소소한 기쁨을 놓치지 않는 것이야말로 진정한 용기라고 말하고 싶습니다. 새벽의 고요한 순간에 밤하늘을 바라보며 스스로를 찾아갔던 것처럼, 우리를 일으켜 세우는 것은 종종 그 소박한 것들입니다.

성공이란 어쩌면 거창한 목표를 이루는 것이 아니라, 이런 소소한 순간들을 모아 단단한 행복으로 만드는 것일지도 모릅니다. 그렇게 하나씩 쌓아 올린 작은 행복들이 결국 우리를 더 빛나는 성공으로 이끌어 줄 것입니다. 삶의 길에서 우리의 성공은 크고 화려한 것들에만 있지 않음을 기억하며, 지금 이 순간을 행복으로 가득 채워 나가길 바랍니다.

불확실성의 문턱에서

강혜진

강혜진

2000년 서울에서 태어나 다양한 경험 속에서 성장의 의미를 탐구하며,
이를 글로 남기고 있습니다.
성장은 순간이 아닌 과정에서 발견됩니다.
우리의 이야기가 함께 자라는 씨앗이 되길 바랍니다.

이메일: janice001226@naver.com

성장이라는 단어는 흔히 긍정적인 의미로 쓰이지만, 사실 그 과정에는 '두려움'이라는 감정이 숨어 있기도 하다. 내가 생각하는 성장은 바로 이 두려움을 마주하고, 그로부터 조금씩 자유로워지는 과정이다. 인생은 크고 작은 두려움을 만나는 여정이며, 그것을 어떻게 받아들이는가에 따라 성장의 속도와 방향도 달라진다.

어린 시절의 나는 '불확실성'을 가장 큰 두려움으로 여겼다. 익숙하지 않은 것을 기피하고, 늘 안전하고 확실한 것만을 택하려 했다. 학교를 예로 들자면, 매년 새로운 반에 배정될 때마다 새 친구를 사귈 설렘보다는 낯선 환경에 적응해야 한다는 두려움이 먼저 밀려왔다. 새로운 교실과 선생님, 새로운 친구들 앞에서 내 마음은 두려움으로 가득 찼다.

그러던 어느 날, 초등학교를 졸업할 즈음에 나에게 더 큰 시련이 찾아왔다. 아버지의 직장 때문에 중국에서 중학교 생활을 해야 한다는 소식이었다. 익숙하지 않은 언어와 문화 속에서 내가 잘 해낼 수 있을지 걱정이 앞섰고, 불확실성이라는 막막한 두려움이 나를 덮쳤다. 그곳에서 살아가야 할 자신이 없는 듯한 나머지, 나도 모르게 눈물이 났다.

그렇게 두려움을 안고 중국의 국제 학교에 다니게 되었다. 한국 학생이 많았기에 새로운 환경이었음에도 다소 편하게 느껴지기도 했다. 하지만 어느덧 2년이 흘러 중학교 졸업을 앞둔 나를 돌아보니, 나는 여전히 새로운 도전 앞에서 주저하고, 익숙하고 안전한 것을 선택하고 있었다. 다양한 경험을 할 수 있는 국제 학교에서조차 새로운 것에 대한 불편함에 익숙한 한국 친구들과만 어울리고, 새로운 활동을 외면하며 기회를 스스로 포기하던 내 모습이 너무나도 한심하게 느껴졌다. 그래서 한국에 돌아가기 전에 나 자신을 조금이라도 변화시키고 싶다는 결심을 하게 되었다.

하루는 우연히 친구의 권유로 중국에 거주하고 있는 고아들을 돕는 봉사활동에 대해 알게 되었다. 특이하게 기부금을 직접 모아서 가는 봉사활동이어서 더욱 특별하게 다가왔다. 하지만 새로운 일이나 예상치 못한 변화는 설렘보다 두려움으로 다가왔던 나에게 봉사활동은 나와 거리가 먼 일이라고 생각했다. '낯선 사람들과 어울리며 무언가를 돕는 것? 그건 나와 맞지 않아.' 그렇게 스스로를 설득하며 계속 피하고 있었다. 봉사활동은 사람들에게 도움을 주는 일이기 때문에, 종종 내 능력에 대한 확신이 필요하다. 그렇기에 이를 시작하기에 앞서 '내가 과연 도움이 될 수 있을까?', '내가 제대로 해낼 수 있을까?'하는 의문을 가지며 시작하기를 어려워했다. 하지만 친구의 거듭된 설득과 '한 번쯤은 도전해 보는 것도 나쁘지 않겠지?' 하는 작은 호기심이 생겼다. 결국, 나는 큰 결심 끝에 봉사활동에 참여하기로 했다. 평소 같았으면 두려움에 밀려 시도조차 하지 않았겠지만, 이번에는 그 두려움을 넘어보고 싶었다.

나는 선생님들께 봉사 프로그램을 홍보하면서 기부금을 모으기도 하고, 선생님들을 위한 일일 봉사자로 나서며 기부금을 마련했다. 그렇게 차곡차곡 모은 기부금 덕분에 해외 봉사에 참여할 수 있었다. 그곳에서 새로운 사람들을 만나고 함께 활동하면서 나는 스스로 변하고 있음을 느꼈다.

봉사활동은 주로 고아의 집을 짓는 작업을 도와주고, 아이들과 함께 게임을 하며 친해지는 시간을 가지는 것이었다. 해가 뜨고 질 때까지 벽돌을 나르고 집의 벽면을 만들었다. 집의 형태가 만들어지는 것을 보면서 아이들이 좋아할 생각을 하니 힘이 들었다가도 금방 일어날 수 있었다. 아이들과 다양한 게임을 진행하면서 점차 친해질 수 있었는데, 저마다 아픔이 있을 그들이 해맑게 웃는 모습을 보니 나도 덩달아 기분이 좋아졌다. 같이 시간을 보내면서 나의 작은 노력도 누군가에게는 큰 힘이 될 수 있다는 사실을 처음으로 실감하게 된 순간이었다. 아이들의 순수한 눈빛과 웃음 속에서, 나는 오히려 나 자신이 치유되고 있다는 느낌을 받았다. 아이들과의 교감을 통해 내가 잃어버린 순수함과 용기를 다시 찾은 것 같았다.

가장 기억에 남는 순간은, 우리가 가기 전에 한 아이가 고맙다고 말하며 아주 작은 편지를 준 일이었다. 그 작고 소중한 선물이 나에겐 깊은 울림으로 다가왔다. '나도 아이들에게 작은 기쁨이라도 줄 수 있겠구나'라는 생각이 들었다. 이전의 나는 불확실한 상황을 피하려고만 했지만, 이 경험을 통해 오히려 그런 순간들이 내 안에 새로운 힘을 불러일으킬 수 있다는 것을 깨달았다.

해외 봉사활동을 계기로, 나는 또 한 번 새로운 도전을 하게 되었다. 외국인들에게 한국어를 가르치는 봉사에 참여하게 된 것이다. 혼자서 학생들에게 언어를 가르친다는 막중한 책임감과 부담감이 있었지만, 두려움을 마주할 때 비로소 성장이 일어난다는 것을 배웠기에 이번에도 용기를 내어 시도했다. 처음에는 세 명의 학생을 시작으로 시행착오를 많이 겪었다. 서로 다른 국적, 연령대와 언어 수준으로 수업의 방향을 잡기 어려웠다. 이때 학생들과 함께 이야기를 나누며 K-pop을 좋아한다는 점을 알게 되었고, 노래를 통해 언어를 배울 수 있도록 교재를 만들었다. 게임과 연극 등의 요소도 적극 활용해 활기 있는 강의를 구성했다. 그렇게 학생들과 소통하며 다양한 문화

와 배경을 이해하고, 받아들이는 사고를 키워 나가면서 두려움 뒤에 숨어 있던 성취감과 보람을 느끼게 되었다.

이제는 두려움이라는 감정이 성장을 방해하는 장애물이 아닌, 성장으로 나아가는 디딤돌임을 깨달았다. 삶은 여전히 두려움과 함께할 것이다. 지금도 당장 취업을 준비하는 학생으로서 언제 취업이 될 것인가에 대한 두려움, 사회로 나가는 것에 대한 두려움 등 수많은 두려움이 기다리고 있다. 그러나 이 두려움을 피하지 않고 마주함으로써 나는 한층 더 단단하게 성장할 수 있을 것이다. 성장이란 결국, 두려움을 마주하고 그것을 넘어서는 과정에 있다. 그리고 이 과정이 반복되는 삶이라는 여정이 더 이상 두렵게 느껴지지 않는다.

노 스웻, 노 스윗

강하나

강하나

디저트를 너무 좋아하는 헬창.
언제나 "No Sweat, No Sweet" 정신을 실행한다.

이메일: hanka726@naver.com
인스타그램 @ha_nakang

"No sweat, no sweet." 내 인생의 가치관을 가장 잘 나타내는 문장이다. 노력 없이는 얻는 것도 없다. 나는 천재도 아니고, 남들보다 무언가를 뛰어나게 잘하거나 똑똑하지 않은 전형적인 노력형 인간이다. 나는 재능 있는 사람들을 질투가 날 정도로 부러워한다. 그래서 힘든 일이 있어도, 노력하면 좋은 일이 생긴다는 말을 더 믿고 살았다. 내가 오랫동안 준비해서 겨우 이뤄낸 것들을 단기간에 나보다 좋은 퀄리티로 완성하는 사람들을 보면서 자괴감에 빠지기도 했다. 특히 내가 노력한다고 많은 시간과 노력을 해도 나아지지 않는 것을 잘하는 사람들이 부러웠다. 그래서 나에게 성공이란 보여지는 결과물이 아닌 이를 이루기 위해 보낸 과정과 노력이다.

어렸을 적 가장 어렵고 싫어했던 것이 바로 영어다. 유치원 때부터 영어 학원을 다니고, 많은 학원들을 거치면서 공부했지만 항상 가장 낮은 레벨이고, 언제나 영어는 나에게 가장 큰 어려움이었다. 영어에 대한 호감도를 올리기 위해 부모님은 내가 어릴 때부터 여행을 많이 보내주셨다. 실제로 여행은 영어에 대한 나의 태도를 바꿔주는데 큰 역할을 했다. 특히 중학교 1학년 때 유럽 배낭여행을 다녀오고 나서, 영어의 중요성에 대해 깨닫고 더 넓은 세상에 대한 호기심과 기회에 대한 열망을 가지게 하였다. 그때 마침 정말 좋은 영어 선생님을 만나 영어 실력을 향상시킬 수 있었다. 처음 선생님 수업을 들었을 때 나는 영어로 일기를 4줄 밖에 쓰지 못했다. 내 생각을 영어 글이나 말로 표현할 수 없었다. 하지만 선생님과 공부하면서 일기를 2장도 쓸 수 있고, 영어 공부를 즐길 수 있게 되었다. 물론 많은 날들을 울면서 공부하긴 했지만, 성장한 내 모습이 자랑스럽고 내 가치관은 더 확고해졌다.

중학교 3학년 지구과학 수업을 듣고 천문학에 관심을 가졌다. 초반에는 신기하기도 하고 쉽게 배울 수 있는 학문이 아니어서 더 멋있어 보였다. 행성과 별자리, 은하들의 사진을 찾아보기 시작하고 천문학과 관련된 잡지를 사서 읽기 시작했다. 그리고 진로와 대학을 천문학 쪽으로 가고 싶다는, 어떻게 보면 담대해 보이지만 한편으로는 무모한 결정을 했다. 천문학과에 대해서 검색했을 때 우리나라에는 천문학 관련 학과가 많이 없다는 것을 알게 되었다. 그리고 진입장벽도 매우 높았다. 기회의 폭이 넓지 않다는 것을 알고, 조금 더 넓은 세상에서 공부하고 대학교에 가고 싶다는 생각이 들었다.

영어가 아직은 많이 어려웠지만 당시 천문학에 심취해 있었던 나는 천문학으로 유명한 미국과 가깝고 영어권 나라인 캐나다로의 유학을 결심했다. 나는 캐나다에 살고 계셨던 어머니의 지인 댁에서 홈스테이를 하게 되었다. 중학교 졸업식을 마치고 3일 뒤 British Columbia에 있는 작은 마을인 Maple Ridge에 도착했다. 그곳은 산과 농장들이 있는 조용한 시골 마을이었다. 돌이켜보면 모르는 사람 집에서 사는 것도 힘들었고, 혼자 유학을 가게 되어서 외로움도 정말 컸다. 게다가 제일 어려웠던 과목이 영어였는데, 영어로 살아가는 나라에서 생활하며 학교를 다녀야 하는 것이 처음엔 가장 힘들었다. 입학을 하고 수업을 들은 첫날 집에 돌아와서 혼자서 많이 울었다. 영어로 진행되는 수업은 내용을 알아듣는 것 자체가 버거웠다. 특히 영어 수업이 최악이었다. 영어 자체도 어려운데 영어로 영어 수업을 한다니… 심지어 영어 담당 선생님이 인종차별이 꽤 심했던 분이셔서 외국인 학생들에게 못 한다고 다그치고 면박을 주기 일쑤였다.

내 욕심으로 부모님의 반대와 싸워서 온 유학인데 내가 얼마나 준비 없이 유학을 왔는지 깨닫게 되었다. 하지만 열심히 나를 뒷바라지해주시고 응원해 주시는 부모님의 기대를 저버릴 수 없었고, 천문학이라는 나의 꿈을 위해서 언제까지고 울고 있을 수만은 없었다. 다행히 과학과 수학 같은 과목은 수식과 한국의 선행학습 덕분에 이미 알고 있는 내용들이 많아 쉽게 따라갈 수 있었다. 가장 큰 문제였던 영어 실력을 키우기 위해서 홈스테이 룸메이트와도 항상 영어로 대화하고, 혼잣말과 혼자 생각하는 것조차도 영어로 하려고 했다. 학교

끝나고 자기 전까지 공부하는 것만으로는 시간이 부족해서 늦은 새벽까지 공부해야 했다. 하지만 룸메이트가 있었기 때문에 늦은 시간까지 불을 켜고 공부할 수가 없어서, 매일 새벽 화장실에 들어가서 못다 한 공부를 했다. 힘들 때마다 'No sweat, no sweet'을 마음속으로 외치면서, 미래의 행복을 위해 최선을 다 했다. 시간이 지나면서 학교생활에 익숙해지고 영어도 나름 편해졌다. 하지만 외로움과의 싸움에는 또 다른 노력이 필요했다.

아는 사람 하나 없던 캐나다에서의 고등학교 생활은 외로움을 넘어 고독에 가까울 정도였다. 그나마 친구들과 놀면서 외로움을 많이 달랬는데, 그중에서도 제일 친한 친구 Leni와 점심시간 때 학교 앞 Tim Hortons에 가서 도시락 대신 커피와 도넛을 자주 사 먹었다. 삭막한 유학 생활 중에 친구랑 같이 도넛을 먹을 때만큼은 회색처럼 삭막하게 느껴졌던 유학 생활 중 잠시나마 하얀 글레이즈처럼 달콤하게 느껴졌던 순간이었다. 그 시간은 잠시나마 삭막하고 고단한 유학 생활에 쏟은 내 노력(sweat)에 대해 나 스스로에게 주는 달콤한 보상(sweet)이었다.

캐나다에서 학교를 다니던 중 방학 때 잠깐 한국에 들어왔다. 비자와 생활 관련 여러 가지 준비를 하다가 모종의 사건으로 캐나다에 돌아가지 못하게 되었다. 캐나다로 유학을 갈 때 한국에서 고등학교 입학 포기서를 쓰고 갔기 때문에 한국에서 다시 고등학교에 입학하려면 절차가 복잡했다. 더구나 학기가 이미 시작해 버린 3월이어서 새로 입학하려면 반년을 더 기다려야 했고, 입학해야 할 학년도 애매해졌다. 고민 끝에 검정고시로 고등학교 졸업을 대체하기로 했다. 내 꿈과 노력을 쏟아부어 해내 오던 유학 생활이 내 의지가 아닌 외부 문제로 인해 물거품이 됐을 때의 허망함은 18살의 나에겐 너무나도 버거웠다. 항상 노력하고 열심히만 한다면 성공한다고 믿었지만, 현실은 그렇지 않다는 것을 깨달았다. 그 당시에는 받아들이기 어려웠지만, 지금 생각해 보면 그때의 시간이 헛된 것은 아니라고 생각한다. 내가 했던 노력과 경험들은 미래의 어느 순간에서 빛을 발할 것이고, 꿈을 향해 달려오고 쏟았던 열정은 새로운 목표가 생겼을 때 기반이 되어 잘 적응하게 이끌어 주었다.

그렇게 캐나다 유학의 꿈은 접고, 한국 입시를 준비하기로 마음 먹었다. 하지만 한국에서는 검정고시를 준비하는 학생들에 대한 부정적인 편견이 있었기에 주위의 시선으로 인해 초반부터 스트레스를 많이 받았다. 대학에 합격한 후 학원 선생님께서 말씀하시길, 내가 검정고시를 준비한다는 사실만으로 나를 끈기가 부족하고 학교생활에 적응하지 못하는 학생이란 편견을 가지셨다고 했다. 이렇게 캐나다로 돌아가지도 못하고, 여러 눈치를 받으면서 검정고시를 준비했을 때의 외로움은 가족들과 친구들이 모두 있는 한국에 있었음에도 혼자 캐나다에 있을 때와 비교할 수 없을 만큼 컸다. 소속감에서 오는 안정감도 없었고, 확실하지 않은 미래에 대한 걱정과 이번에도 성공하지 못할 수도 있다는 불안함은 나를 우울하게 만들기에 충분했다.

　가만히 있으면 너무 우울하고 잡생각 때문에 쓸데없는 걱정으로 더 우울해져서 최대한 바쁘게 살았다. 수학 수업 후 바로 영어 수업에 가거나 대학입시 준비 학원에 가서 하루 종일 공부하다가 오는 등, 몸은 피곤했지만 바쁘게 지내다 보면 다른 생각들이 들지 않아서 좋았다. 그러다가도 한 번씩 우울하거나 힘들 때는 내가 제일 좋아하는 크리스피 크림의 도넛을 먹곤 했다. 유학 시절에 도넛을 먹으며 다짐했던 'No sweat, no sweet'을 떠올리며 힘든 나 자신을 위로했다. 다행히 검정고시를 잘 치르고 대학입시에 성공해서 19살에 남들보다 1년 일찍 대학교에 입학했다. '나쁜 일이 있다면, 반드시 좋은 일도 있다(There always will be a trade-off).' 스스로 마음에 새겼던 이 말처럼, 나에게 큰 스트레스를 주었던 타인들의 편견은 나를 더 강하게 만들어 주는 계기가 되었다. 또한 'Why is this happening *to* me'가 아닌 '*for* me'의 태도로 사고하게 되었다.

　그동안의 나는 시간이 문제를 해결 해주길 바라면서 그저 버티기만 했다. 여러 가지 힘든 일들을 이겨내면서 성장했다고 생각했지만 성인이 되고 사회에 나오면서 내가 단순히 참고 버틴다고 해결할 수 없는 문제가 많아졌다. 그중 가장 큰 문제는 취업이다. 내 전공은 환경공학이다. 학교에 들어가서 배운 내용들은 내가 예상했던 것과 많이 달랐고, 내 적성과도 맞지 않았다. 휴학을 하고 다른 길을 찾아보고 싶었지만 코로나가 터지면서 내가 계획했던 것들을 하나도 실행할 수 없었다. 집에만 있는 시간이 길어지고 내 미래에 대한 걱정이 심해질 때쯤, 내 동생이 취직을 하게 되었다. 내 동생은 취업 특화 고등학교를 졸업해서 졸업과 동시에 일을 시작하였다. 그때 동생은 19살, 나는 22살이었다. 물론 나도 절대 늦은 나이는 아니었다. 하지만 동생의 빠른 취직과 아직 확실하게 정해진 것이 없던 나의 진로에 대한 걱정으로 나는 다시 우울감에 빠졌다. 이때는 아무리 내가 좋아하는 도넛을 먹고, 열심히 노력하면서 버틴다고 상황이 나아지지 않았다.

결국 나는 수면장애를 앓기 시작했다. 처음에는 단순히 잠이 안 오거나 잠을 설치는 정도로만 생각했다. 하지만 일주일 동안 잠을 한두 시간밖에 자지 못했고 그마저도 깊게 자지 못해 하루하루가 피곤했다. 나는 불면증을 이겨내기 위해서 더 열심히 더 바쁘게 살았다. '몸이 피곤하면 잠이 오겠지'라는 생각으로 아침부터 자기 전까지 스케줄을 가득 채워서 보냈지만, 몸만 더 피곤하고 우울감은 전혀 나아지지 않았다. 결국 정신과 치료를 받기 시작했다. 어릴 때부터 스스로를 너무 몰아붙이고 잘 해내야 한다는 강박감 때문에 불안이 커진 것이 가장 큰 문제였다.

사실 이 문제의 해결 방법은 단순하다. 혼자서 쓸데없는 걱정을 하지 않으면 된다. 해결 방법을 알지만, 그건 아직까지도 나에게 가장 어려운 일이다. 지금도 열심히 치료를 받고 있고, 스스로에게 압박감을 주지 않으려고 노력하고 있다. 내가 좋아하는 일을 찾아가기 위해서 다양하게 경험하고 공부해 나가는 중이다.

그동안의 일들이 나에게 성장이었다면, 불면증을 이겨내는 것은 지금의 나에게 성공일 것이다. 돈을 많이 벌거나 유명해지는 것만이 성공은 아니라고 생각한다. 앞으로도 나에게 여러 가지 시련이 다가오겠지만 그것들을 이겨 나가면서, 성장들이 쌓이고 내가 가장 어려워 하는 것을 극복해 내는 것, 나에게는 그것이 성공이다.